阅读即行动

Julien Gracq

[法] 朱利安·格拉克 著

王明睿 译

Autour des sept collines
& Les Eaux étroites

# 环 七 丘 城

**图书在版编目(CIP)数据**

环七丘城 / (法)朱利安·格拉克著;王明睿译. — 武汉:长江文艺出版社,2024.3
ISBN 978-7-5702-3169-0

Ⅰ.①环… Ⅱ.①朱…②王… Ⅲ.①随笔-作品集-法国-当代 Ⅳ.①I565.65

中国国家版本馆CIP数据核字(2024)第029043号

环七丘城
HUAN QI QIU CHENG

| 责任编辑:王洪智 | 责任校对:毛季慧 |
|---|---|
| 装帧设计:汐 和 | 责任印制:邱 莉 胡丽平 |

出版:长江出版传媒 长江文艺出版社
地址:武汉市雄楚大街268号 邮编:430070
发行:长江文艺出版社
http://www.cjlap.com
印刷:湖北恒泰印务有限公司

开本:787毫米×1092毫米 1/32 印张:4.5
版次:2024年3月第1版 2024年3月第1次印刷
字数:74千字

定价:42.00元

版权所有,盗版必究(举报电话:027-87679308 87679310)
(图书出现印装问题,本社负责调换)

# 目录

**环七丘城**     1

环罗马     7

在罗马     29

远离罗马     75

**狭水悠悠**     99

环七丘城

对我们来说，希腊—拉丁文明开始有些迷蒙了，因为我们的教学大纲现在只是断断续续地以这种文明的源头性语言为基石，并且这种文明的遗产每过十年就会丧失一点直接唤醒每日经历的能力。今天，调查者难以在采访对象身上调动起激动而强烈的反应，这些反应还是上上一代作家表现出来的。我只想用几句布勒东的话来做个例子，种种证据都可以证明这些话的真实性：

"布勒东先生，为什么您一直不去希腊呢？""是这样的，女士，因为我从来都不去拜访占领者。我们已经被希腊人统治两千年了。"还有一份蒙泰朗的遗嘱，他要求火化之后把他的骨灰撒在罗马的街道上：这是一个（拉丁—希腊式）修辞学学生的遗嘱，我看到时大为震惊。至于我，我六十六岁的时候去过罗马，没有感到一种真正狂热的迫切需求。也许在我身上,长期以来都存在着一种怀疑,怀疑在地图上有一个挑衅的问号,我觉得最好为自己把这个问号擦去,同时又确信应该在学校留下的记忆和这场旅行之间隔开尽可能大的空间。好饭不怕晚。没有什么是刻不容缓的。在这场没有要事的探索之旅中,从来没有什么在催促我。而且有一种城市,到了那里后会发现什么都不会变得分外清晰,因为在这种城市里,透明的阳光无法改变一个事实:有太多的灰尘永远飘浮在那里。

在罗马,一切都是层层冲积而成的,一切都被层层隐藏。世世代代留下的物质沉积不仅互相遮盖,而且互相交错、互相渗透、互相重组、互相传染:在我们地下的地质中,好像没有原始的凝灰岩,也没有真正意义上的原生地层。一切都被层层隐藏:覆盖城市的**文化沃土**更为厚重、深不可测:古罗马广场、卡皮托利山,还有在此之后的一切,与其说它们被埋在新添的泥土之下,倒不如说是被埋在了词语之下。从来没有任何一座城市屈服于一套论著①(主要是关于盛衰)中某一卷的碾压性重量。去那里的时候,我根本

---

① 指法国启蒙思想家、法学家孟德斯鸠(Montesquieu)之作《罗马盛衰原因论》。(本书脚注除特别注明之外,均为译者注。)

就不想再加上点重量。城市是用来住的，我想像对待其他任何一座城市一样对待这座城市，不想毕恭毕敬，想完全关注它们为游客安排了何种具有特色的吃、逛、看、行和睡。让我彻底忘记自己的阅读，这是绝对不可能的：阅读罗马，就要像剥去一棵洋葱的层层薄皮一样去努力。但是我不想成为阅读的囚徒。即便只有这一个原因，有些读者也会认为这本小书里几无敬意。也许他们没有说错：我表示出的尊重不会很引人注目。而我的态度其实往往近乎冷漠。我没有完全被罗马征服。相反——而且重要的是——我从来没有在那里感到厌倦。

环罗马

有些个人原因促使我去接近威尼斯，它们把我与它的第一次接触变成一种强烈的联结，而这接触的一成不变并未将那种强烈的联结放松丝毫，其中一个原因其实与威尼斯市内交通的特殊性无关，与威尼斯艺术宝库的富足也无关，却在于这座岛城地势险峻，没有我在南特（人口数量大致一样）十分熟悉的那种与田野之间的过渡。我有一个挥之不去的童年之梦，梦中是难以进入的寂静堡垒，这个梦仍然会让我的睡眠着魔般地受着吸引，当我需要在一个和罗克鲁瓦一样矮小、一样毫无吸引力的"要塞"里过夜时，这个梦就会成为现实，且并不带来壕沟和城墙会引起的监禁、围困之感。在斯拉夫人堤岸或者浮木码头，城市依然和浅滩还有四周界限不明的潟湖里的波浪纠缠不清，相比这两个地方，散步的人可以沿着北码头用目光游弋死亡之岛，好像这座城市拖来了一艘幽灵船，正是在此处，我喜欢体验其他任何一座城市都不能带给我的起航之感。但是，这不是一种朝向外海的起航：潟湖被许许多多的木桩穿了孔，像个牡蛎养殖场，而无论在视觉上还是在想象中，潟湖都把威尼斯变成了一座锚定在沉没舰队的桅杆之间的城市，有了这潟湖油光的水，便有了一种迷人的偏航，沿着逝去的岁月而行，偏向没有期限的搁浅，偏向托尔切洛和圣弗朗西斯科荒岛的泥泞潮水，在这些地方，已经凝固在历史中的痕迹似乎一点点地被粘在更为缓慢的纯粹沉积过程中。因为威尼斯不像罗马那样是一台回溯时间的机器，而是一台抹去时间的机器，一个朝向时间尽头的码头，在那里，一种静止的笨重徒劳地向码头拍打着模糊的事件，这些事件属于生意的历史，也属于简化为夫妻共同财产的共同体。在那里，虽然一个接一个的时代漫不经心地用战利品使城市富裕起来，但它们依然因为在交易中匿名而平凡无奇，在潟湖那平整线条的吮吸下，这些时代似乎命中注定一个接一个地被吞没，付诸东流。

☆

在我看来（考虑到我也许永远都不会再去了），去佛罗伦萨待一天是愚蠢的行为，这个时间几乎足够看一眼圣母百花大教堂、圣乔万尼洗礼堂、美术学院、圣十字圣殿，还能差不多快步逛一下乌菲兹美术馆。但是，这已经足够让人去感受：就算在这座城市里停留得更久一些，我也不会改变我的想法。有一种历史记忆，什么都无法使它重现生机，正是它、也仅仅是它愚蠢地导致了这种漠然的态度：在我的想象中，威尼斯贵族高额却龌龊的交易使城市高贵了起来，而佛罗伦萨的织布和洗染行业使城市变得低下。堆满了东方香料和丝绸的威尼斯仓库让宫殿的水门通向阿里巴巴的山洞和一千零一夜的世界，但是在佛罗伦萨的奇迹背后，我忘不掉卡利马拉服装商人行会、羊毛行业协会①、丝绸协会②、羊毛粗脂和灰尘、染色小桶和漂白土、地窖的潮湿、手工工场里阴森森的污秽。虽然我不喜欢，但是在乔托和波提切利的画作后面，图尔昆③突然叠印了出来，足以让这种奇迹般的艺术用某种我可以理性接受的方式保留某种东西，像肥料里的花，像诞生于粪便中的美。在这里，一种个人反感显得愈发怪异，因为几乎对于所有人而言，享有盛誉的佛罗伦萨艺术在内容上让人不禁一下想到些许高傲的贵族雅致，又想到它的保护人：美第奇家

---

① 原文为意大利文 arte della lana。
② 原文为意大利文 arte della seta。
③ 法国北部的一座城镇。

族领主们的上流银行。

☆

在道路迂回处发现佛罗伦萨的那一瞬真是惊鸿一瞥：在河谷的两岸之间，瓦片屋顶所组成的平面刚好填满了盆地，佛罗伦萨像一片湖似的待在这里。只有零星散落的几座钟楼和大教堂的圆顶撑破了表面。没有一片郊区登上斜坡；正是这一点造就了山坡花园的美景，这里平稳而寂静的盆地边缘供人倚靠。罗马的盆地却凹凸不平，围墙既不规整还有缺口；那里没有这种清晰而整齐的屋顶水平面，让人想起干涸盐湖地带的沉积平台。在巴黎，从圣心教堂看过去，最初的洼陷很久以前就漫溢了；城市的地层被一望无际的山丘弄得乱七八糟，它不再是一片筑有堤坝的湖泊：它像一艘同时横跨了三四道海浪的巨型帆船一样稳定。

在佛罗伦萨，旧宫薄薄的塔楼建在教堂上，偏离了中心，看着奇怪，像航空母舰的一根通风管。

☆

佛罗伦萨的雕像不是我们这里广场上遭雨水冲刷、被鸟屎染白的苦修柱头隐士。它们在循环流动，驻守着城市，拔地而起，像上岗的哨兵突然从街道上冒出来。

在罗马，庄严的遗迹、艺术圣物和文化建筑实在是太多了；人们缺乏真正的坚定：很长时间以来，这个民族都是些有点凶恶、干点非法勾当的神职人员，忙着从朝圣者和大蜡烛上获利，他们的手是用来清空捐款箱和给圣体龛掸去灰尘的。我们在这里时不时地会感到有圣殿骑士团的士官在场，还有他们的掷距骨游戏和小滑头。只要在罗马待上半个月，我就好像明白了为什么痴迷罗马的夏多布里昂在那里几乎看不到罗马人：虽然清洁工们打扫了我们正在参观的大教堂，可是不会有人注意到他们。

米兰的地面湿漉漉的，那里有英式雨伞和装得一本正经的中产阶级，这是一座中欧城市，跟里昂和苏黎世很像。威尼斯和佛罗伦萨是被大海抛弃的美丽沙滩。我曾经认为，只有在那不勒斯，人们才会像河一样流淌，而且本能地去冲刷建筑上的石头；我错过了这座城市——它像布列塔尼一样那么惹人喜爱，却没有让人想去参观的古迹①。

---

① 语出自罗杰·尼米埃。——原注

☆

虽然意大利的田野令人神魂颠倒，美得不可方物（但是缺少那些使法国田野轻盈起来的水面中的片片天空：回来后，在勃艮第升起的湿漉清晨中，最先触动我的是如镜子一般映照着杨树的约讷河水面，我的眼睛已经不习惯这种景象了，顿感奇特），可它对于想象来说依然没有生命：这里对罗马而言始终是荒地①，是城市籍籍无名、死气沉沉的彼岸，满是浓浓的乡村睡意。在这里，根本不会像迷路的莫纳②一样发现一座高耸在冷杉林角落的老旧小塔。正因为没有这样的小塔，我懂得了我们那些基本上位于乡下的城堡在法兰西的土地里所埋下的一切，这片土地具有想象的张力和时而仙境般的惊喜。这里的王子们不与牧羊人为邻。除了城市宫殿③，没有、或说几乎没有任何其他建筑紧挨着隔壁带有敌意的宫殿：中世纪领主们的战争在这儿是街道里的战争，人们看热闹似的在塔楼之间相互窥伺，而不是在篱笆筑成的埋伏里。在

---

① 原文为拉丁文 saltus。
② 法国作家阿兰-傅尼埃（Alain-Fournier）的小说《大莫纳》中的主人公。
③ 原文为意大利文 palazzo。

密集的城市生活小圈子里，对生存和统治、杀戮和创造的激情兴奋到疯狂，这些小圈子散布在一个被夺去吸引力的呆滞而残存的空间里。我们这里的乡村组织比这些没有水的休耕地富有生气得多；而法国的小城市却只能勉强呼吸，付出的代价是意大利的城市像榴弹一样装满了压缩的能量。

翁布里亚的丘陵都长有短卷毛似的小树，像是顶着小圈圈的黑人脑袋。种了果树的田野里斑斑点点地散布着深绿色、灰色和淡绿色，是正宗的点彩派手法，哪里都没有一丁点草原和森林的宏大布局，而在洛林或者博韦西斯，最小的隐蔽角落里都有这种布局。

一排幕布般的桉树以百米间隔种植，净化、改善了像加利西亚或阿斯图里亚斯一样的罗马田野。穿过奇维塔韦基亚和罗马之间混杂的乡村风景，像柯罗的画作草图里站有水牛的泥沼被引水渠切断，这不真实的感觉让人对这场旅行失望透顶。任何地方都不如罗马四周无趣，在那里，荒漠被改良了，没有骨架的高地也不再高贵：它原是柔软而扁平的火山熔流，最终止于铁路路堤一般的陡峭斜坡上的平原。

"如果世界上有一条可憎之路,那就是从佛罗伦萨经过锡耶纳抵达罗马的路。如果游客们向我们说起美丽的意大利,他们是在万般嘲讽我们。从佛罗伦萨到罗马的路让我顿时想起香槟地区。只不过,干燥的平原变成了荒芜的丘陵。"①

司汤达夸大其词了:他只喜欢米兰人和伦巴第的湖泊。那一年,意大利的春天格外湿润,托斯卡纳和翁布里亚的丘陵绿油油的:这片风景里有一种农业的良性发展,那当然不属于香槟地区的平坦大草原。但是在任何地方都没有广袤之感:却有被嵌进地貌的封闭小单间,像丘陵之间的佛罗伦萨,还有遭到禁锢的小格子,似教堂镀金的格子天花板。并列的一块块土地在侧倾的丘陵荒地上猜疑地互相瞄着。在这个地方看不到一点历史碎片,看不到市镇的趣景,让人心生厌烦,就像我早就厌烦了被夸得天花乱坠的希腊风光。我想用这整个享有盛誉的土堆迷宫来换取从巴利亚多利德到萨拉曼卡的公路上那独一无二的西班牙风光。我此时对半岛上的意大利还一无所知,我发现自己和这里的一切风景都格格不入,它的节奏不会自然

---

① 出自法国作家司汤达(Stendhal)之作《罗马、那不勒斯和佛罗伦萨》。

地通过呼吸向我传递幸福。我在罗马和佛罗伦萨感到窒息——惊叹得窒息——有点像是被困在没有窗户的博物馆里：美学在封闭的炉舱里沸腾，艺术堆积过剩，积压了空间和远景。

☆

我不了解希腊。但是我可以看着照片去想象，想象它墨绿的灌木丛，被油亮的酸似的阳光腐蚀的石灰岩，这石灰岩在酷暑时节大概跟法国的科比耶尔像得很。我了解色彩平淡的卡斯蒂耶，那里的天际好像被低压的苍穹侵占了。意大利风光是混合而成的。任何地方都谈不上真正清新（我只记得阿尔班山上的几片山毛榉林，周日，散步的人们去那里找草莓）。不过，这里也没有让人昏厥的体力消耗，不像从巴利亚多利德到萨拉曼卡、从萨拉戈萨到莱里达，遍地都是让非洲投降的烈日灼烧。没有挺拔的树木，除了柏树，也没有草。在这片风光里，丝毫没有大片大片的植物所引发的强烈对比，也就没有了贵气，却到处都是栽种的或修剪过的成排或成梅花状的灌木，俨然一幅在光秃秃的赭石色土地上画出小斑点的点彩画。而佛罗伦萨和罗马之间、罗马和那不勒斯之间起伏的大地模模糊糊的，既不真的果断，也没有美感，处处都在丘陵和山岳之间徘徊，没有主要山谷来把它们划分和安排：只有并排的凸起和凹陷，波澜不惊。我没有被古希腊吸引，却无济于事，我想象着在夏日的正午，在柏树黑色的火焰之间，在遍布鼓形柱段的奥林匹亚田野里，肯定有某道神谕会下达。但是，诸神抛弃了意大利田野太过温和的南部地段，那里的田野性质混杂，耕地太多，不会产生深陷于烈火的土地的悲剧性，又干旱频频，不会令那里枝繁叶茂。没有水，或者说至少任何地方都没有那种像法国一样的水，这种水一旦开始流动或是汇集，就即刻反射日光，这里只有裹挟着黏土的急流①，土黄土黄的。似乎什么都不紧实、什么都没有封固、什么都没有填充着东西，像翁布里亚的天际，无论是西班牙膨胀的天空还是湿润法国的水面镜子，都不能让它轻盈起来。

我之所以惊讶，也许是因为自己冒失地做了地理预测：普罗旺斯的莱博、阿尔皮尔斯、拉克罗、圣雷米和吕贝隆，都没有预告出翁布里亚、托斯卡纳或者坎帕尼亚的风光，却预告出了遥遥远方的大希腊风光。在博洛尼亚和萨莱诺之间，古老的名字伊特鲁里亚下铺陈着整个满是泥土的大陆性奥弗涅，热气沉沉，这里背对着大海，是一片有耕地和牧场的贫困地

---

① 原文为意大利文 fiumare。

区，比预期中的更绿，更没有灵动的气息（而且，在海边，马赛街道上的景致和环境只会重现在那不勒斯这个和马赛一样具有希腊特征的地方，绝不可能重现在奇维塔韦基亚，一座岸边城堡，粗糙得像从未爱过大海的人们建造的边境哨所）。这里先后被伊特鲁里亚人和罗马人统治，他们都很追求物质，没有远见，把自己的印记也留在了中部意大利的乡村风光里；在有大海召唤、有外海上东南西北风前来造访的大希腊北部，我们依然能够感受到，数千年前，罗马很快就在这里找到了希腊很久之后才找到的东西，这在始终具有异域风情的波河平原（这是它的运气）是找不到的：陆地上统一的征服者马其顿，还有臃肿而乏味的受雇于罗马军团的农民兵。也几乎没有哪处海岸能第一眼就让我觉得比意大利半岛在拉斯佩齐亚和那不勒斯湾之间的海岸更薄情寡义。没有海滩，更没有岩石，却只有淤塞沼泽地那头被海水腐蚀成一堆土块的一面低矮沿海高原。在这个痴迷于海滨度假的世纪末，这里的海岸孤独得令人惊奇：四处勉强立着几座新建筑；总是能透过一丛丛的松树间隙望见远处平坦海面上影影绰绰地有个方方正正、灰扑扑、孤零零的破旧小屋，像是关卡。直到现在，从来没有一处海岸能给我留下无聊的印象：托斯卡纳和拉齐奥的海岸做到了这一点。只有奥尔贝泰洛那群山起伏的半岛在某一刻打破了这种单调,这座枝繁叶茂的海滨卫城俯视着一片荒芜的澙湖。法国的海岸处处都与这些低低的田野有着天壤之别,坍塌的生硬斜坡切断了田野,染黄了海水(不过,也许除了一处欧日地区和卡昂乡村的海岸,但是此处凶猛的潮汐赋予了海滩以一种交替性的生命和咸咸的、刮着风的强劲气候,而这些是拉丁姆所没有的)。时不时地,一条土路弯弯曲曲地伸向海面上被意大利五针松切断的浪潮,扎进沿海世界的某个尽头;这条路上好像没有一辆车,没有一个行人;死寂般的慵懒凝滞在没有生机的沿海地带,这些只是一片无人海边之滨的终点①,没有一次遐想、没有一种活动、没有一个目光会在此处延伸下去。

想起在意大利的旅行时,我的记忆里通常会浮现一个通过车厢窗户看到的飞逝画面,是在比萨以南的某个地方。那是一片朝着大海延伸而去的平整田野,让人不知不觉地感到离它很近,那是托斯卡纳古老的玛莱玛一角,今天已经被改良了,长久以来都给人留下可怕的记忆……

---

① 原文为英文 terminus。

## 锡耶纳造就了我，玛莱玛却毁了我①

……一片浅草平原，经过时分辨不出那些是大路还是小径。在这片平原上，每隔一段距离就矗立着一丛丛的五针松，像孩子们用可拆卸的铁皮块布置耶稣降生的场景，还到处都有几座直接建在草地里的房子，用途始终不明，也不是农场，因为附近看不到任何一个用于开垦的建筑。这就是从前给小学生做奖励的书籍上的装饰画所展现的田野图景："没有功用"、没有篱笆、没有牲畜棚、没有栅栏，是一个休闲场所，只是造得像个种有纺锤形和球形树木的草坪，每隔一段距离就被几座朴素的方形房子所占领——那是一块乡间织布，毫无劳作的污点，成了自由的闲逛之地，只有两个拉着手的孩子漫步在田野学校的轻盈之风里。

☆

从罗马回来后，进入大名鼎鼎的坎帕尼亚时真叫

---

① 原文为意大利文 Siena mi fé, disfecemi Maremma，出自但丁之作《神曲》。

人失望！期待的是一片亮晶晶、湿漉漉的绿洲，却只见一层灰尘覆在了每一根树枝上，灰绿得像桉树的叶子，才五月份，草地就已经被烤得焦黄。卡塞塔身为那不勒斯沿路布置的前哨可真是微不足道，它也是那种不受待见的城市，看一眼就会彻底打消去旅游的念头：那里只有一小方一小方丑陋的房屋，它们带有阳台，全都一模一样，围有一圈洗好的衣服，把光秃秃的土地分成一块块的格子，像古罗马兵营①一样监视着这个灰土巢穴的大门，里面的军事地带看起来容纳了一个宪兵团。

索朗特②。小公园被安置在夕阳对面，就在垂直的熔岩峭壁之边。紧挨着它的是圣弗朗西斯科教堂的回廊，小巧玲珑、惹人欢喜、花团锦簇（在意大利，除了去花市，很难看到鲜花）。这些备受赞赏的胜景当然是名副其实的风景画圣地，像艺术圣地一样让情绪提前冷却。在威尼斯，人们是不会失望的，因为那里有惊喜：在这座只能靠船只或步行出门的城市里，

---

① 原文为拉丁文 castra stativa。
② 原文为意大利文 Sorrente。

音量、声响和隐秘都是绝对无法预测的。而这里却没有惊喜。一切都是美的，一切都是蓝的，正如人们所期待的那样，而维苏威火山驻扎在所有摄影取景框里，没有哗众取宠的阴影，像个领薪水的布列塔尼人一样麻木不仁，此人从头到脚都散发着布列塔尼的特色，在洛克罗南的门厅下窥伺着带着柯达相机的游客们。这是一场经过联署的有效旅行，而我有点后悔于为了在表格上标出不可错失的①风景画家而来到这里，就像人们在工厂里做标注那样：76 年 5 月-那不勒斯湾-已阅。

此外，比起蓝色海岸，这里的海边混凝土蜂拥②得更克制、更收敛：有小马，有带着羽饰的四轮马车，像托尔夸托·塔索小广场的狙击兵一样让索朗特的街道保留着 1900 年的氛围，老旧又不失愉悦。我喜欢看米开朗琪罗酒店房间窗户下的柠檬果园：高高的脚手架被栏杆、铁丝和纱网封了起来，像啤酒花田里的架子，柠檬树上结满了果子，周围是昏暗林下灌木丛的神秘黑影，让人想起那些从热带国家进口的鸟笼，里面到处都能看到在幽暗中发亮的眼睛。

---

① 原文为英文 must。
② 原文为英文 rush。

早上十点，索朗特窄窄的商业街上满是清新的影子、水果、甜瓜和蔬菜，像是在韦斯卡或者莱里达。这是唯一一个让我想起西班牙的时候，它和意大利没有任何共同之处，在人的动静、生活的节奏、路上的车水马龙、热气的特性等方面都不相同。看着在杯子里压榨从树上摘下的橙子，这种乐趣已然耗尽，我也厌倦了索朗特。那里的海不易接近，海岸都被磨成了悬崖，而拉马丁诗句中的**有声海滩**在那里无处可依。我有点情绪了，因为对平庸的《格拉齐拉》①的回忆跟随我环绕着那不勒斯湾，对《幻象集》②中诗句的回忆也几近如此。唉，普罗奇达岛从海边看去并不吸引人，而在梅尔杰利纳港，无花果树下，橙树老老实实地被洗过的衣物围成一圈，我看着小说，觉得这座城市是一个小小的民众伊甸园，今天被一座水泥剧场包围，成了卡普里岛的快艇装货港口！

但是，如果拉马丁松弛而温和的小说不再于那不勒斯的全景上重现活力，那么，《弥尔朵》和《德尔菲嘉》这两首奈瓦尔紧密交错的十四行诗（我们知道，他还在世的时候，这两首十四行诗会在不同的版

---

① 法国作家拉马丁（Lamartine）的小说。
② 法国诗人奈瓦尔（Nerval）的诗集。

本中互换三行诗节）对我来说就不仅仅是在继续绘制谜一般的诗句港湾，而且还在很大程度上替代了这个港湾，在整理、调节从渣滓中清理出来的回忆，带它重回象征性线条的纯粹和简洁，这两首诗像几乎吞噬了巴利亚多利德和萨拉曼卡建筑立面的厚重纹章。它们像给"城市化的"丑陋波西利波套上大衣似的晨雾，把帕埃斯图姆遣返到海湾，复原了维苏威的烟雾，又复原了库迈的女先知西比尔。我真的去过那不勒斯吗？无论如何，我不大会为此不安。

在庞贝的街道上，哪里都看不到一个独行的游客；只有不断踩踏路面的人群，每一群人都聚集在向导周围，像一群蜜蜂围着蜂后；只有游客们相互交织的各类萨比尔语沿着各条小路嗡嗡地上升或是下降。同样，在巴黎，每次参观画展的时候都免不了碰到一群教学土匪，他们紧紧围着专断的大嗓门婆娘，她三下五除二地就讲解了委拉斯开兹或者拉·图尔。文化成品追着你从一个展厅到另一个展厅，把你逐出愉悦的单独会面，像是逐出一个不祥之地。

☆

我能那么多次在一个空空的国度里自娱自乐！可在一个全是配角的国度里却不行。有时候，我觉得是意大利人民清空了意大利的魅力。在城里，戏剧性的手势和拿腔拿调、滔滔不绝的华丽语言像是每时每刻都自由自在地在往大马路上扔出一个会保留排练习惯的轻歌剧剧团，不仅如此，农民与土地（波河平原除外）自身的基础关系在这里似乎缺少根基。田野里看不到真正与耕地肉搏的痕迹，却只见花彩、水果、花环，不知道是什么节日的盛装园艺。牧羊人似乎依然是维吉尔的牧羊人，是乡野缪斯和芦笛的朋友，农民们[①]当然会随时聚在这些舒适的荫凉小树林里，向巴克斯献上祭酒，也少不了有乡间舞蹈的序幕。为了使这些田野在本质上变得牧歌化，经典回忆的分量自然重于理性，而潘神的长笛和对话式歌唱大于**粗制国民产物**的基础元素。但是我抱怨现代事实没有向我提供强烈得足以让我修正的谎言；这些人毫无疑问认真而勤奋，相互之间真诚而和气，他们**表演**着生活，而不是去**体验**生活，让生活场面看起来热热闹闹的，什么

---

① 原文为意大利文 contadini。

都无法压倒这个印象。正如季洛杜谈论高乃依时所说，音调里没有一个提高的升号，却只在日常生活的分句法中一遍又一遍地练声，而这就是大地上的全部真实。

在罗马

只有罗马偏远的住宅郊区赋予城市风光以魅力，这魅力有时被过度吹嘘。低矮的山峦气质高贵，大海在天际被瞥见一隅，俯瞰远处在夕阳的尘埃中镀成金色的城市，沿着蒂沃利或者弗拉斯卡蒂的高地向上，虽然平淡无奇，却能立刻就有清爽与辽阔之感，整个丘陵都成了这片宽广而层层叠高的郊区里的观景楼。加尔各答或者孟买的英国殖民者跨越几百公里、在希米亚或是大吉岭、在覆着皑皑白雪的喜马拉雅半山腰上寻找的东西，罗马贵族们找到了，他们即便抛弃了一座被疟疾肆虐的城市，也没有不管不顾自己的冬日千金榆，那城市像被夏季风肆虐的印度军营一样有损健康，令人疲乏不堪。正因为如此，风景如画又健康卫生的罗马城乡接合地区必然既和谐又不失功用，即便在欧洲首都中，维也纳与布达佩斯可在这方面与之媲美，却也无法具有这种特征。当人们种植的桉树还没有切断、遮蔽远方那处处弯成了长音符的长长水平线，只有阿尔巴努山和古老的罗马田野使我与七丘那平庸不堪的画面、筋疲力尽的绘画笔触相和解。似乎有相对而置的镜子在绿色高地之间玩起了巧妙的游戏，这些高地只是城市的观景楼，地平线上布满了群山，它们不远，向我们敞开，却并不压抑，只有这条地平线让城市得以呼吸。在城市和群山之间，是令人感到粗俗难耐的**至尊荣誉**之地，各个现代都城在它外围恣意地侵蚀、玷污古老的农作地，这里被一个长期荒废的环形地带套住，近来的居民区扩张刚刚开始攻击它、压缩它：一旦离开这座台伯河沿岸城市，城里的一切紧凑感都将不见，却让人感到四处挥霍的阔绰、懒散而奢侈的习惯中那根深蒂固的排场，人们多少世纪以来才把这里的残留空间改造成这样。郊区只是在不情不愿地生长，好像依然惊慌失措，觉得自己的喧嚣打碎了以前孤独中的奢侈凝神，而在布列塔尼古老村庄的**教堂围地**里，人们只能先穿过墓地再走进墓地当中的圣地。

☆

奥斯蒂比布鲁阿格淤塞得更严重，今天归并进了大田野，难以相信它曾经能够为庞大的罗马市郊保障海运补给，可反过来，它却真的没有出口任何东西。记忆里，那不是一个庞贝似的废墟——一个仍然站立的废墟，像是被灾难的火焰舔舐、擦净，每一个街角都矗着石头骨架，依然在对着天火指手画脚——那是一个长满青草的城市底座，安然地躺在田野里，封了草地绿色的边，草被修整到膝盖的高度，就像我在1944年看到的奥东河畔欧奈废墟和维莱博卡日废墟。没几个游客会造访奥斯蒂，沿着平板路步行，孤独而迷人，再去阴郁沙滩的浴场，这处沙滩现在叫死者之港：能够参观一座四处视野无阻的城市，真是罕见。这些古城不占什么地方，巧妙而精心地把建筑嵌进去，真像个中国女人把物件嵌进匣子或是箱子里！在奥斯蒂，小咖啡馆、旅店、神庙、船具商店、经营滑车装置和驳运的公司、船东的办公室、仓库、百姓市场，什么都是小小的，小小的……小小的。

☆

罗马的花园，它们之于法兰西岛上的花园就像六月底修剪过后的清新草坪之于五月的草地。在弗拉斯卡蒂的阿尔多布兰迪尼别墅前，大片大片的黄杨依照布局被修剪一番，沿着山丘上的斜坡向下延伸，密实得像植物冰川。我欣赏这里的景色，还有那宏伟建筑纯正的领主式选址，我欣赏阔绰的傲慢，让人在这里拥有一整面的山，充当自己乡间住宅的边框。建筑上暗淡的黄色与片片失去光泽的绿色植物格格不入，在布满阴郁云朵的天空下制造出效果甚为奇特的大片光谱。

这些乡间住宅的外观明显是个堡垒，卢瓦尔河畔的城堡却并不如此，反而还是让人看到小窗洞和突廊。美第奇别墅底层的掩体（几乎只有从花园这个角度去拍摄才显得不错）像碉堡一样让人胸闷气短。装甲大门的门闩跟压铆螺钉一样粗，测验显示能扛得住圆炮弹。在那水源充沛、银光闪闪的花园上，埃斯特别墅的穹顶走廊又高又窄，便于竖放戟和槊，还有什么能比这些走廊更禁闭、更冷淡的呢？

☆

几根圆柱依然在古罗马广场上清晰可见，斗兽场、君士坦丁凯旋门和塞维鲁凯旋门都一贯受到摄影者们的追捧，游客们讶异地发现处处都是象征着古罗马的红砖，那是在亚眠或圣奥梅尔常见的砖块，不似布拉格或哈勒姆的砖块年久色褪，无论是粗糙巨大还是颜色方面，都像极了阿尔比主教座堂，而不是帕特农神庙。这种实用的材料被政府部门疯狂滥用,堆积得近乎荒谬,它被用在帕拉蒂尼山的斜坡上、图拉真广场、马克森提乌斯和君士坦丁巴西利卡、戴克里先浴场,它在各处吸引着视线,与现代大型建筑的黄色或与山丘的绿色碰撞,它被用于石灰窑的剖面、防水保护层、机车车库的圆顶、被地震劈开的科卡涅市场、破裂的下水道、高架拱廊,完全是一副美国这个帝国主义福利国家①的做派,用庞大的建筑湮没了微小的共和国房屋,淹没了演讲台、维斯塔神殿和罗马教廷的寒碜地窖。卡拉卡拉浴场的大门过于实际、纯粹追求物质,猛然穿过去会让人浮想联翩:不大会想到废墟,而是会想到科罗拉多或佩特拉阿拉伯风光里的腐蚀奇观,好一些的话,会想到从另一个自然领域里诞生出的怪诞景象;想到长久以来被温热海水养得粗壮的巨型石珊瑚柱。这时我才明白,为何风化小山冈上令阿拉伯的劳伦斯如痴如醉的竞技场被牵骆驼的贝督因人取名为 Roum。

还有奥勒良城墙上的砖块,这面城墙可不是长城,但与为征入市税而筑有雉堞的城墙类似,我喜欢在某个街角突然遇见穿梭在房屋之间的阿里阿德涅红

---

① 原文为英文 welfare state。

线,就像它们已经在城市地图上被标出来似的。时间使起初被粗粗涂抹成彩色的雅典神庙变白,它扯下灰幔和大理石的衣衫,变红了罗马,把罗马的面色烧成这种难以与任何一座城市相称的砖色,但是我喜欢看这砖色在此处嬉戏,对抗着山丘的深绿和街道的淡赭,喜欢看它在低沉的阳光中无与伦比地燃烧。

☆

半个世纪以前,博学而严谨的费迪南·洛特著有《古代世界的终结》,这本书在我的读物里颇具分量,为了不过于冒犯学院里的同事,他在其中一页的角落轻声地①嘀咕着对古代艺术的评价,像是整整一生中谨慎呼出的厌倦叹息:令人疲倦的单调。 啊,真是单调!啊,仿照庞贝或者奥斯蒂的广场、半月形剧场、三角楣、褪了皮的柱廊、卖砖块的小商店、千篇一律的维纳斯用同样的姿势遮盖着耻毛、浴场里海豚纹样的镶嵌画、大教堂的半圆顶,还有你们,卡比托利欧博物馆成批成批的雕像,人们在你们面前经过,和国家首脑视察前线时一样好奇心外漏——太烦你们了,你们对我来说真是无关紧要!八百年了,一而再再而

---

① 原文为意大利文 sotto voce。

三地犯错,八百年,还是丽达与天鹅和叶型装饰,真叫人倒胃口!从未有一个艺术之春推翻这些乏味的旧题新作,这些沉闷的重蹈覆辙。埃及那凝固而僵化的永恒从某一处潜入原初之夜,它已失落,在丧失了神圣的过渡性艺术中,这种艺术计算着成本,在吝啬而平庸的材料上弄虚作假:一个世纪以来,历史的上游有一部分被大大地拉长,让我们觉得古代成了中世纪,但那是一个被剥夺野性复苏的中世纪,在与世隔绝中漫长而无尽地衰退。造型艺术的灵魂从未像在公元前300年到公元400年间那般低至谷底。

罗马或希腊晚期雕塑的主题从头到尾都选择了奇闻轶事,在梵蒂冈博物馆和卡比托利欧博物馆里都占据了视野:它们是装饰品中令人赞赏的主题,用儒勒·勒梅特的微妙表述来说,这些是令人赞赏的装饰品主题。在《垂死的高卢人》和《拉奥孔》与米开朗琪罗在佛罗伦萨所作的《大卫》之间,斯宾格勒所珍视的"浮士德般的"活力闪耀涌现。《大卫》帽檐似的头发盖在倔强的额头上,在佛罗伦萨美术学院里把投石器放回到肩膀上,他根本就不是某个古代雕塑家打造出来的肌肉依然稚嫩的七头蛇挖土工人:那是对一整个人生极具表现力的把握,这个人生已经萌芽出现,已经未来可期。这位少年懂得权衡;宏伟志向的星火在低下的额头上苏醒：无论是扫罗还是赫人乌利亚，他今后的道路无人可挡。这绝不再是幼年赫拉克勒斯扼杀巨蛇的圣经版本：出发的可是金头①。

☆

刚在罗马待了几天我就已经明白，如果必须住在这座城市，我的脚步就会自动把我带到卡比托利欧山丘去遐想或者闲逛：它可怜兮兮的，像个受罚的学生站在小胡子国王所建的房间后面似的待在角落里，那里有流浪猫，比专区小公园还要荒废的小树林里有害羞的恋人，这些都让它丧失了雄风。只有这个迷人的土墩才能最完美地捕捉到罗马下午西沉的金色太阳，那里满是隐蔽的小路、捷径、墙垛、台阶、暗道、小得像手帕似的神甫花园。我喜欢这个教俗不分的城堡，承载沉重的记忆时极致轻盈：这里远离了阿尔克斯山丘和执政官的胜利；我们更会想到植物园里迷宫般的道路，想到闭塞的洛什城，河面上发酵着灿烂的寂静。

改作他用的城堡②遮蔽了阳光，让我在乡间心满

---

① 金头，可能指涉法国作家克洛岱尔（Claudel）的同名剧作，用以形容大卫是一个拥有壮志雄心的人物。
② 原文为意大利文 rocca。

意足地闲逛，我走下一处台阶，穿过高傲的米开朗琪罗小广场，不幸失望地看到那尊毫无雄伟可言的雕像，马可·奥勒留像个磨坊伙计似的骑在光溜溜的马背上：巴托罗缪·科莱奥尼骑马像应该更合适这里。古罗马的骑士们没有马镫，也径直登上马背，只能像西部保皇党部队临时组织的轻骑兵那样在马背上摇摇晃晃，坐姿不稳，1793年的士兵们说他们是"樱桃贩"；没落帝国的青铜骑兵们有时会在圣-琼·佩斯的诗句里重现雄姿。我又踏上通往马切罗剧场的斜坡，那里有一群群得了疥疮的独眼猫，这些猫在圆柱的柱身上摆出的姿势俨然出自波德莱尔手笔。

每当此时，我都会心生惊喜。台伯河堤岸上重重叠叠的清凉水流绿莹莹的，风中的树叶沙沙作响。不知为何，我想象过光秃秃的河岸，被灼晒的石桥墩之间有一条非洲干河。只要看看这条河的岸边，就会觉得是在埃罗省边界某个奥克语地区城市的悬铃木穹顶下。来这里的时候，我害怕看到一座傲慢而冰冷的城市，拒游客于千里之外，颐指气使①；相反，废墟被再度启用后有种亲切感和天然的无拘无束，几乎总是让我沉醉其中、备感舒适。如果一座城市四处显摆自

---

① 原文为英文 lording it over。

己的重要地位，那它就像是在取笑自己：我喜欢偶尔沿着人行道看一路排开的窨井盖上印压着的"元老院与罗马人民"（S. P. Q. R.）的戏谑字样。

☆

在罗马散步的第一天，一阵暴雨和一阵倾盆大雨困了我两个小时，我躲在一座被分成若干间公寓的古老宫殿的门厅下，那里离威尼斯宫博物馆很远，靠着台伯河岸。我看着那些家庭主妇，她们胳膊下夹着面包，手里拎着草提包，在巨大的穹顶下收起雨伞，木底鞋下的大理石楼梯哒哒作响，这些楼梯庄严而挺拔，似是通向《法尔内塞大力神》或者《拉奥孔》，随后，她们便消失在阴暗里。在绘有壁画的天花板下，在被穿堂风扫过的皮拉内西式楼梯之间，我想起夏天黏糊糊的凉爽，但也会想起冬天的阴森可怖。虽然这座现代城市被专横地改造成另一座城市的模样，但它依然勉强故作高傲，不仅如此，当地居民也似乎飘摇在宫殿①的各个分区里，像是灾民被安置在无人继承的小城堡或改作他用的修道院。

---

① 原文为意大利文 palazzi。

☆

这城市像寄生一般接受救济,共和体制中有权坐象牙椅的市政官刚出炉时,这种特征就有了,它和帝国的配给与权术一道无限膨胀,今天靠着意大利预算的财政收入坚挺在为伯多禄募捐时期的城墙里,罗马得以在失衡中坚实地稳坐着,这种失衡使罗马和从前一样担得起"永恒之城"的名号。两千年来,这座城市始终与各类公认的经济准则完全脱节:当香料、丝绸和呢绒贸易的垄断给威尼斯与佛罗伦萨带来经济飞跃,是波尼法爵八世的大赦在中世纪为罗马人打开了旅馆业繁荣昌盛的船闸,是对赦罪机会的贩卖资助了儒略二世和利奥十世的宏伟工程。常规、永久、可转让的什一税先后向被奴役的人民和天主教的信徒们征收,今天,其中一部分征自国家预算和国际旅游业,它让一座城市漂浮着,千百年来的挥霍习惯中断了,罗马不再如西罗马帝国晚期那般荒唐地狼吞虎咽,从今以后吃得小心谨慎、有节有度,靠全球生活。

这当然会影响附着于罗马的根深蒂固又神秘莫测的魅力。罗马躲过了政治和经济的沉重负担,相较于历史而言,似乎它若干世纪以来都保持着自己的摆脱速度。摆脱不起眼的地理位置，摆脱毫无生气的河流，摆脱从未将它哺育的田野，摆脱其名不断溢出国界的民族，摆脱一个过去，这过去的潮来潮往以不可思议的方式向它表示着尊敬。游客们愉快地参观它的古迹、画作和雕塑，愉快地在街道上闲逛，有一种朦朦胧胧、难以捉摸的失重感：跟纽约的紧张感完全相反，那种城市像是接上了全球的神经末梢。在这里，早报上提到的事件不像在其他地方那样立刻得到诸多反响，时间流淌得更是无忧无虑，同属寄生者的天才留下了前途未卜的作品，威胁性不强，也不依赖掌控着人民和民族的不定未来。艺术爱好者在罗马感觉自己成了拉比什时代的**受益者**；晚上，带着额外的美学储备入睡，挨着柔软的永恒之枕、安宁之枕，日常琐事难以从中破坏。

☆

在历史的更迭中，现代罗马那人口稠密的中心被迁移到荒废的古老战神广场，而城南却荒芜了，这个地区在帝国时期差不多相当于我们的第七、第八和第十六区（加上布洛涅森林），于是，奥勒良城墙内的罗马似是而非地在那里，令游客诧异。从卡皮托利山到阿底提拿门，广袤的城市荒地漏斗似的越来越宽，让人想到森林的采伐区，其实那里一点都不明亮，却保留了长势喜人的小树林和稀有的树木品种，还有孤零零的树根挑战着火焰和斧头、矗立在荆棘与火烧地里。不过，皆伐法在这里向来不受欢迎，它很快就会被粗野的植物堵住，这才适合罗马的残骸，废墟镶上了一道毛皮边，这道边像密林里的植物一样卷曲、有型、色泽光亮，棕榈树为它扇风，上方悬着五针松那雕塑般延展的叶丛，在石子堆上、在废墟上、在"友谊神庙"上，各个公园因这道边而有了真实感，坚固不朽得令人意外，在它们周围，十八世纪在平淡无奇又空洞无物地胡思乱想着。

☆

在教皇们的罗马中心、在科尔索大道和台伯河湾之间，我之所以快乐，是因为感觉被攥在大块的城市蛋糕里，它密实紧凑，在阳光下烘制，精巧地布有弯曲裂纹，在这里，鞋匠摊和锁匠摊在（不便）停放车辆的路边打开了口子，扑来地下室般的清凉。这些摊位让我想起久远的年代：想起年幼时圣弗洛朗那布满水沟和水桶的小巷，想起卖罐装汽油的、渗水的汽车修理厂，再远一些，想起那些停放着马车的旅馆后院，想起卖土货的贸易古街，那些货像剥了皮的水果,到哪里都带着自己响亮又芬芳的残渣。这座城市穿着死了两回的沉重古老旧衣,而在这些地方,它却能够在历史的限定之外呼吸,没有用长袍和轿子去恢复已经消失的卫城,却恢复了文艺复兴时期罗马的阴暗羊肠小道,既杂乱又危险,骑兵们在这里的某处有界标的角落下马,在那上面刻下纪念章或者磨匕首。

☆

刚踏上芝加哥或者纽约的人行道时对一座危险城市的预感,也同样适用于罗马的街道,整个白天里肆虐着偷窃和抢劫,让人在任何地方都看不住自己的东西:到处都是轻松的友善和单纯的闲逛;人们会觉得,这里的偷窃和被成熟至极的文明消化吸收的贿赂一样,保留着一种含糊不清的礼貌性抚慰的模样,不会完全妨碍约定俗成的社会交换持续下去。托雷德尔格雷科那些衣衫褴褛、巧舌如簧的闲逛者就是如此,他们把你拉到一边,来一个害羞又言简意赅的眨眼,从一条脏兮兮的手帕里掏出"走私手表"。他们一点都不像晃荡在纽约第 45 街人行道上的阴险法外之人[①],那些人毫不遮掩自己有犯罪倾向或邪恶的面

---

① 原文为英文 outlaws。

孔。如果一定要被偷，人们更喜欢在这里被拦路抢劫，而不是在别处。

☆

怎能想到，依然存在于淡季时威尼斯偏远街区的沉寂，一个半世纪前的罗马也曾经历？浪漫派的雕刻和绘画向我们展示了圣彼得大教堂的圆顶，虽然是近景，但它还是被田野的小树林半遮半掩——就像在巴黎，人们建造星形广场的凯旋门时，尽量把它安在了城市的边缘。于是废墟到处溢出了城市的稀薄地带，把古罗马广场、斗兽场和浴场跟布有拱桥、墓地和引水渠的田野连在了一起。夜里偷闲的时候，夏多布里昂会在距离使馆不远的地方听到夜莺"在一个围有芦荻的狭小山谷里"歌唱。废墟般田野的惊愕情绪从四面八方渗入一个麻木的小村落，这个村落长久以来都不再使用工作时间，只根据修道院和世纪的钟声来听时间敲响。

☆

在《写给丰塔纳的信》里，夏多布里昂写有一句关于罗马的怪异文字："在冬天，"他写道，"屋子的房顶上覆满了草,像是我们这里农民们的茅屋顶。"

这个古怪的评语颠倒了季节的特征,像是给建造规则放了假,我在大街小巷里散步的时候,这条评语总是挥之不去。正是因为这句话,在这座城市里晃悠的时候,我的视线总是比别人停留在更高的地方,但是,唉!罗马再也没有这些空中小草地的痕迹了,好像它们从来没有在罗马的屋顶上生长过。不重要了:在我的想象中,它们为这座城市里太过正统的建筑保留了奇特,罗马大奖这个字眼也不由自主地在我心里飘动,常常强调出一种缺席。总有这种词语冲积层覆盖住罗马,像是一处栅栏上又覆盖了布告……

☆

在巴黎的街上,我们看到平视的目光。在纽约,我体验到的是冲天的鼻子,还有沿着火箭似的摩天大楼望向天顶的眼睛。在罗马,我们的视线其实是定在了建筑物的一半高度上,在寻找柱顶盘、边饰、阳台和有雕刻的上楣时会想:这是房子还是宫殿①?不幸的是,汽车在大街上沿着绿树成荫的羊肠小道狂乱地

---

① 原文为意大利文 palazzo。

齐头并发，每时每刻都在惩罚闲逛的人，把你危险地贴在墙上，就像晚上六点步行穿过通向卢浮宫内的拱顶狭廊时那样。马路如此吝啬地安排着人行道、小广场、店铺的挡雨披檐、咖啡店露台的空间，这种冷淡的待客之道在我看来是有损于罗马的：剩下的是机动车交通的疯狂混乱，让我觉得在黄昏前步行横穿可怕的帝国广场大道①成了一种负面的训练，类似于在溃堤的河流上从一块浮冰跳到另一块浮冰，以此渡河，就像在《汤姆叔叔的小屋》里看到的那样。没有红绿灯的路像一条没有桥的河，对我来说，野蛮的交通要道把城市地图分成了两部分，那条已经被驯化的河流也没有把城市地图划分得如此明显。高速公路斜撞着废墟乡野，似乎是这座现代城市里唯一真正的品味差错，当然除了带有十九世纪末刻奇趣味的维托里奥·埃马努埃莱柱廊，其规模堪比金字塔，让所有的预算堤坝都崩溃了。

☆

不过，我并不总能忽视机动车足以横穿墓地的刺耳吵闹，远远不能，就算走在帝国广场大道上的时候

---

① 原文为意大利文 Viadei Fori imperiali。

也不能。在城市里其他地方多少能和谐相处、甚至相互融合的东西，在这里变得不和谐，生硬而粗鲁，对当代风景敏感的人觉得这不失魅力。不久以前，罗马只会安抚反复思考和深入冥想的疲劳灵魂，现在，它一下跳进了刻薄又收敛的现代，而我有时会在这里的漫游中感到恢复了活力。

☆

在罗马，与基督教最格格不入的古迹不是古代神庙，而是被保存下来的几座异教徒坟墓，因为教堂差不多一开始就跟神庙和平共处了，那比建造巴黎的玛德莱娜教堂还早得多，可异教徒的坟墓，比如著名的切契利亚·梅特拉之墓，虽然阳光普照、环境优美、绿树成荫，却依然从封闭的雉堞形圆柱顶端朝亚壁古道投下了安息塔般有毒的影子。即便曾经是哈德良陵墓的圣天使堡，虽然有翼天使坐镇于此，虽然有一众天使在通向城堡的桥上列队，它也表现出对一切洗礼的反抗。在罗马的心脏处，天使堡整体扁平而简单的构造似是在违抗远东乃至中国的古墓。看起来不是为了像在巴西利亚那样用凹形底座来平衡对面圣彼得大教堂的圆顶，却是为了在沙尘暴和黄土荒漠的旋涡里把亚历山大的帝国困在孤寂里。

☆

图拉真柱比旺多姆圆柱和七月柱更为高贵,但它矗立在罗马像是一棵误入歧途的巨杉矗立在市政花园里,像是一个既有历史价值又成了化石的异国柱身,和现在城市的有机生活彻底断了关系。自从巴黎有了某种城市的基础,也就是大体上自君主制以来,没有哪一个世纪、哪半个世纪为建筑添砖加瓦,为今天的巴黎立起标志性的高大建筑。不过,因为从土地里拽出了古迹,历史沉积层巨大的缺失在罗马造出了一种和谐的断裂,跟上个世纪把古埃及残骸移到协和广场一样。如果需要,旺多姆圆柱和巴士底广场的七月柱依然能够在历史的气息中为我们歌唱,一如门农巨像在太阳下唱歌——仅仅依靠考古学的防腐剂,已经不能再拯救出德凯巴鲁斯国王的投降字谜或者方尖碑上的象形文字了。

☆

眼睛被犬牙交错、高耸入云的哥特式塔楼和钟楼训练之后,就难以适应基督教时期罗马建筑的低矮外貌和笨重外墙。圣彼得大教堂的庞大建筑体以紧凑而密实的特征令人印象深刻：这个天主教堂中的庞然大物、肩膀窄窄的巨人，它来到世界上的姿态像是紧巴巴地从两个已有的建筑之间钻出来。瞧这个建筑的正面，一座带有三角楣的古代神庙嵌进了一幢方形的屋子里，这个屋子到处都凸出来，还有道笨重的双层横条在这神庙三分之二高的地方将其切断！当然，来了个贝尼尼柱廊，尽力让它自在一些（像石匠们说的那样），但它外形狭窄，还有补救的办法吗？这栋建筑好像一个劲儿地往自己身上堆积、收集，从广场看去，它几乎是在打赌似的拿自己的大殿作为交换。

☆

在威尼斯这座传统的典型拜占庭城市里，那座圆顶俯视着宗教建筑，可从远处望去，只看得见突兀在圣马可小广场上的巨大尖顶方柱。它孤独地矗立在城市勾画出的巨型横杆上，具有辨识度和庄严感，像竖起的食指一样重要。我看着一张罗马的全景照片，那是我在美第奇别墅贴着修剪过的千金榆拍的。在这张密实的城市全景里，全然没有向上升的线条，这座古老的城市处于水平状态，经常让人想到巨人堤道旁那透着光、罗纹般的壮观水流，想到仅用自己的方形主体就增厚岩石平面的建筑学地层。在建筑群的平坦线条上，有东西升了起来，却不甚放肆，那是钟楼：轻盈而镂空，有分明的楼层和平整的瓦片屋盖，这幅图景比哥特尖顶更容易朝世俗建筑转变，不仅装饰了一座住宅别墅，我甚至还在美国看到弗兰克·劳埃德·赖特用它来点缀一家餐厅。尤其是那个圆顶，它不但象征着喷涌和飞翔，从它整个又重又鼓的泡泡形状来看，更像是用城市面团的酵母在内部发酵，这颗泡泡笨拙地从面团中吸取养料。建筑模式出于种种目的朝巨型发展，可奇怪的是，除此之外，这座基督之都没有找到更能代表自己信仰的象征，于是，伊斯兰教再好不过地适应了圣索菲亚大教堂，位于城市心脏的万神庙从世俗化开始便成了千年来的典范。

☆

西斯廷礼拜堂。一进门，复制品没有明显展现出来的强烈双色搭配特征就对我产生了强烈的冲击：蓝色和赭石色——氧化金属的亚光蓝色和泥土的赭石色，暗淡色调粗糙得似乎易碎，落在像是洞穴壁画用的材料上。这种搭配没有如期待中那般被放在绝对的中心位置，取而代之的是像在印度一样的人头攒动。至于画面场景的整体构思，选民们——至少是主要选民们——的姿态让人有些惊讶：无论是被天庭荣光照耀的人,还是被流放的人,都没有为了"因"而忍受痛苦,也没有像在某个复辟王朝里一样使劲儿地奴颜婢膝;所以我们不知道圣母玛利亚到底在抱怨什么:是因为儿子而愤怒,还是因为那些军团的战士们肆无忌惮地提出了厚颜无耻的请求。在地下室的壁画下方列有但丁和萨伏那洛拉的画像,他们以这种方式暗中对佛罗伦萨算账;在大家约定俗成的肖像后面,我们依然能够瞥见刚刚推翻皇帝派成员的教皇派成员的影子。

☆

从空中看斗兽场,就是从它的外壁顶部向内部俯视,让人想起大贝壳和被切开的菊石身上一圈圈的盘纹和精巧的内部隔断。在离古罗马广场两步远的地方,古代遗迹回到了自然的碎块状态,好像它们自己溜进了休伯特·罗伯特的风景画里,轻盈巧致、从容不迫地融进树木和草地,这里不再是一处废墟,而是一块巨大的古迹化石,毫不羞涩地展现着保留下来的集体生活印记,让个中组成一览无余。种皮和它包裹着的生命内核分开来,这场分离似是刚刚遭受暴力而强行实现,所以各间蜂房和小屋在想象中重新给自己配备了果肉,所以对于异教罗马的民众来说,这个热闹盆地的唤醒力量成了约沙法山谷的唤醒力量。

☆

西班牙广场的台阶被杜鹃花染得紫红紫红的，上方是圣三一教堂的双塔钟楼，这钟楼经常作为罗马一景被印在邮局的彩色日历上。对于巴黎人来说，西班牙广场像是一张小号草图，画的是蒙马特高地的台阶和小丘广场上闲逛的人（不远处有玛尔古塔街上的画家们），不过这张草图被鲜花市场上芬芳的晨间水汽浸湿了一点。这里的蒙马特早就与巴黎的那座小山丘分开了，它的尺寸更让人觉得亲切，散发着已经被俗不可耐的民间文学耗尽的简洁魅力。这座城市里有一些地方是人们爱去、爱待着的，比如卡皮托利山上被遗弃的千金榆、人满为患的纳沃纳广场，这里也是。但是只有在这里，我们才能很好地感受到这座大城市的魅惑，它几乎处处都保有简朴和腼腆的特征，乡野而近乎悲怆：这样一座赢弱的城市在一座特大城市的残骸和回忆中苟延残喘了一千五百年，在这里，根本察觉不到像纽约那样在绽放和自我肯定中喷涌而出的骄傲，它不是自成一体的。在西班牙广场，来自欧洲各个国家的嬉皮士都在阶梯上坐成一排排，这是一个为明媚的生活劳苦而设的祭台,是《舞台春秋》①里卖花女的背景,也是一场柔情艳遇的背景,圣三一教堂会从高处往这场艳遇上倾泻下令人平静的宗教情感以及老派三钟经的宵禁令。这是主的仆人②:沿着这里的街道,我似乎不止一次地感受到其他地方所没有的意外而友善的谦逊,它像是罗马最初的脚注。

☆

对于绝大多数在罗马散步的人来说,纳沃纳广场散发出的魅力很大程度上取决于那件模具,它在密集的建筑群中割出了竞技场规整的椭圆形,一条条之字形的小巷没有打破这些建筑最初的凝聚力,反倒将其凸显了出来,像是冷却后岩浆里的一道道裂缝。公共广场总是在某个十字路口单纯的扩张中诞生,如果建筑之美能够强有力地汇合开放的视角,那么广场就会像突然合起一个封闭空间的陷阱一样散发魅力,而这魅力会从一条条辐射状的大道上逃走;但是罗马却相反,那里尽是任何一条主干道都无法抵达的大大小小的广场,我们可以像溜进迷宫中心地带一样出其不意

---

① 卓别林的电影。
② 原文为拉丁文 Ecce ancilla Domini。

地溜进去：不仅能这样溜进纳沃纳广场的中心，还能这样溜进卡皮托利广场、马耳他骑士团广场、特莱维喷泉广场的中心。对于孤独的闲逛者来说，这里的城市奇景与这些受保护的蜂房有关，而且它们的意外入口往往不像是为了常见的便利之用，而是一种私人优待：这个纳沃纳广场，我每次要去的时候都会迷路，却会在没有找它的时候碰上它，像在布罗塞利扬德森林的山谷里冒险一样让人愉快。想起以前有天晚上在当马毕耶医生家里，他让我做了他设计的**村庄测试**①，结果是，在我建造的那排扭捏拧巴的房子里，缺得最多的就是大门。

☆

纳沃纳广场，还是它：它其实是个向大众开放的洗浴澡盆，而不是一个十字路口，这一点可以轻松地得到证实，因为从前在酷暑天时，这里一直都是让人们解暑的地方。闲逛的人们从四面八方渗过来，在这里汇合、停滞，像是泥灰岩矿坑中的源头之水，遵守着清空卡皮托利广场的流体循环法则——两处广场都

---

① "**村庄测试**"（test du village）为一种评价社会心理和职业能力的方法，由法国医生皮埃尔·马毕耶（Pierre Mabille）倡导，通过测试者所建构的空间来判断其主观投射。

是美的,其中一个总是空空荡荡的,像基里科笔下中间立着青铜骑兵的广场,而另一个总是挤满了人。

☆

长着络腮胡的老人、海豚、半人半鱼的海神、水神、海马、马头鱼尾的怪兽,他们喷着鼻息、吐出东西、遭到溅污、接受冲洗,给别人浇水,自己也被浇水,在罗马的广场上带来一种意外的水上安息日。城市的照片没有音响效果,一旦涉及水,这便更为关键,只会让人觉得这种水上安息日不足挂齿。看着铺天盖地的活水,看着瀑布一般倾泻而下、源源不断的舞跃之水,发觉法国古典园林艺术只想体验扩张的权力,只想把水面处理得能反射片片天空,即便是拥有大喷泉群(它们如一场烟火与日常生活割裂开来)的凡尔赛也是如此。看似液态的岩石疯疯癫癫地跳着圣维特之舞,在教堂和雕像面前替代了强硬石头的固定动作,巴洛克式的姿态确实只能在这里实现。

☆

一个世纪前,台伯河没有码头。在浪漫主义时期的绘画中,房子的地基直接浸泡在涨水的河里,我在奥尔南也看到有房子把地基泡在卢河里。巴黎的市政厅广场建了很久了，可是让巴黎变美的方法在罗马复制不了。窄窄的河流穿过这座城市，于是沿海之河与亚平宁急流之间的地段变得平缓，没什么规模的码头变得乡里乡气，它们远没有预估中的那么大，而由方石建成的码头却让总是只有微量山洪①浅浅经过的沟壑更显普通。在罗马，没有一处配得上"台伯河风光"的名号②。台伯，它作为一条河的名字实在是不够资格，甚至都算不上是一条河：在游客们看来，这是一条象征性的深泓线，它仅仅极为确实地改造了历史之流，而它的水流本身不比卢比孔河的水流更具真正的确定性。

罗马的生活真是枯燥无味，只单一个事实就能让我们认识到这一点：这个全世界最负盛名的都城从来没有得到一个亲切的、形象化的昵称，像巴娜姆③或

---

① 原文为意大利文 fiumare。
② "而浸润了这座大城市、与之共享荣光的台伯河，它自己的命运却怪异得很。它从罗马的一个角落流过，好似不在那里；人们不屑看它一眼、从不谈起它、根本不喝它的水，女人们不会用它来洗东西；它躲在丑恶的房屋之间，不让人看到，奔跑着冲向大海，耻于自己的'特韦雷'之名。"（夏多布里昂：《写给丰塔纳的信》）——原注
③ Paname，指巴黎。

者彼得①、L. A.②、弗里斯科③那样。也没有因为底层阶级的黑话、玩笑和思考方式而得到一个形容词，像考克尼④或者巴黎哥⑤那样。似乎大众生活中的自由创造和自发性数千年来受缚于一种城市"境况"，这种境况远远甩开了让这里生机勃勃的普通市民。这是人无法抵御的境况，每个人都会意识到这一点，每个人在这里都会感到拘束，哪怕是这里的最后一个脚夫。在司汤达那个年代，当他写下《罗马、那不勒斯和佛罗伦萨》时，人们在这教皇之都里为数不多的舞台上表演歌剧，土里土气的观众们显摆自己，对在米兰和那不勒斯受到欢迎的演出嗤之以鼻，声称这些配不上罗马⑥。

☆

美国的游客们住在马里奥山或是贾尼科洛的希尔顿酒店，像从前的古罗马贵族住在阿尔巴努山的别墅

---

① Piter，指圣彼得堡。
② L. A.，指洛杉矶。
③ Frisco，指圣弗朗西斯科。
④ Cockney，指伦敦的工人阶级。
⑤ Parigot，指巴黎人。
⑥ 原文为意大利文 di una Roma。

里、凌驾于一片糟糕空气①之上，而他们则在罗马待在旅馆般的聚居区里，四周是枯燥的围墙，就像以前英国人在印度飞地和中国租界那样：经过净化和调节的空气、密封的可口可乐，它们被一层看不见的纱与瘦弱的地中海当地②人的文化隔绝开来。他们眼中的东方比我们这里要开始得更早，有两三千公里之差：他们已经为斗兽场和卡拉卡拉浴场全副武装，我们对阿布辛伯勒和金字塔也是如此。

☆

我希望能有时间回到阿文提诺，在那里久久地闲逛，一条一条地探索它的街道，从迷人的皮拉内西小广场开始逛，还有马耳他修道院别墅的大门，门上有眼睛状的标志性锁眼。这个街区隐秘、葱郁、空气清新、安安静静的，好像总是有一只眼睛跟着你，而我们走在茂密街道上时对此毫无察觉，比起其他街区，这里对于散步者而言显得防备性更强。围着圣萨比娜街的墙想必也遮挡着修道院的花园，环绕着圣波尼法爵及圣亚肋塞圣殿，也许可以在这些墙的背后寻找罗

---

① 原文为意大利文 aria cattiva。
② 原文为英文 native。

马的奥秘，不过它本质上没有那么多的奥秘（当然，梵蒂冈除外），因为它高贵的内脏暴露在外，世界上只有这一座城市像个被解剖的尸体。

☆

那里春天的新绿和五针松把古罗马广场改造成一座惹人爱的石头花园，它向内弯曲成贝壳形状，令人意想不到又有点不受关注，置身于此，目光几乎立刻就会被作为背景的国会大厦广场上市政建筑背面的高墙勾住，楼顶有一座瘦小的三层钟楼。显而易见，建筑的背面是用来服务的，跟朝向米开朗琪罗广场的建筑的气派正面不一样：丑陋的赭石色高墙上草率地粗涂着灰泥，窄窄的窗户歪歪斜斜、乱七八糟地嵌在墙壁里，竟不见有衣物晾晒。在古罗马广场，最为独特的是这座建筑残缺的陡壁，看起来像是一个当代整体的反面，几百年来，奶牛牧场①上的所有画家和雕塑家都争先恐后地再现着这座建筑，它把自己的背部坦然而露骨地展示给跳动着文明世界之心的那个公共广场。

---

① 原文为意大利文 Campo Vaccino，指法国画家克劳德·洛兰（Claude Lorrain）的同名画作，又名 Forum Romanum（古罗马广场）。

但这种建筑上的不协调矛盾重重,一如数千年的混乱在这座城市广袤而拥挤的古迹中经常制造冲突。有时候,我背对着斗兽场,看到古罗马广场的景色撞上了国会大厦广场背面那不勒斯式的放荡不羁,顿生怒气。不过,我更喜欢看着这座市政老房的谦逊身影端坐在世界上最享有盛誉的遗迹之上:有一种罗马的敦厚,它不仅仅是每日生活的实际情况,而且诞生于每个时期、每种风格、每个对石头的幻想、建筑艺术的每个阶段的相互碰撞,这些碰撞自然而鲁莽。奇特的是,建筑毫无秩序地相互交融,赋予罗马以一派十足的波德莱尔风格,全然不同于彼得格勒那冷峻无情、无可挑剔、整齐划一、严丝合缝的石头梦,但是生活在各个方面都与城市的杂乱不堪融为一体,在这里,时代的更迭不仅意味着街区的更迭,有时还是楼层的更迭,教堂把自己的巢穴安在科林斯柱廊的残骸中,人们的简陋小屋在从前罗马公民的地基上点着头,而各个凯旋门曾是古堡的一部分,后来才有了遗迹的尊严。

☆

在散步者穿过大街小巷的闲逛过程中,在圣彼得大教堂仪式的礼拜器具里,时不时地突然冒出明显的东方风格,与拜占庭印在威尼斯上的标记相去甚远。这种东方风格更具有异国情调,更原始,也不基督教化,它隐约出现在塞斯提伍斯金字塔里、各广场滥用的方尖碑里、喷泉池的大象雕塑里、圣扇①上高高的羽毛里,不久前,当教皇们坐在轿子②上穿过圣彼得大教堂的时候,这些扇子还在为他们扇风。像是巴洛克时期的罗马曾经打算事后把埃及拴在自己这里,至少在象征意义上如此,那是克利奥帕特拉和安东尼时期神秘莫测、人头攒动、令人生畏的埃及,生命力已有所衰弱的罗马帝国从未有将其彻底吞噬的力量。同样,纳沃纳广场的喷泉池里有从多瑙河、尼罗河、恒河还有拉普拉塔河汇集起来的人物雕像,在城市的心脏地带实现了那个未竟之梦的无害魔幻手术,这场统领四大洲的普世帝国之梦对它来说太过遥远,于是成了彻底的隐喻之梦。致全城与全球③:只有在罗马,艺术、符号体系和仪式所勾勒出的连通寰宇之壮举才会近乎可靠地完美实现被诸事诸物阻碍的事情。

---

① 原文为意大利文 flabelli。
② 原文为意大利文 sedia。
③ 原文为拉丁文 Urbi et orbi,为教皇祝福用语,祈祷降福罗马和世界。

☆

车辆毫无规矩的洪流是罗马散步者的苦难,可城市的台阶却很人性,而且满是怡然的惊喜:一切都比想象中的更近。我搭了一辆出租车来到博尔盖塞别墅,地图显示它被打发到了远方布洛涅森林的深处,我计划从这里走回酒店,来一场长长的乡间散步:刚刚好二十分钟,我回到了自己的房间。撤离阿文提诺①应该不怎么废鞋。不过,从另一个角度来看,空间有时候会让眼睛看见奇怪的歪斜:帕拉蒂尼山上布满了被夷为平地的废墟、休闲花园和荒野之地,也许是因为有古罗马广场、马西莫大竞技场和建筑区域远远地监视着它,所以在帕拉蒂尼山上散步时,它看起来比实际上更为广阔。只有这里和苹丘一样,似乎已经地处市郊,开阔的空间感在城市的核心地带涌现,有点像在布达佩斯的盖勒特山的感受,有时候,盖菲莱克和我会爬上去看日落。城市的起伏里遍布着对成见设下的圈套:被维托里奥·埃马努埃莱藏起来的那

---

① 此处指涉古罗马平民的撤离运动。自罗马建立共和国至布匿战争(公元前3世纪至前2世纪发生在罗马共和国和迦太基间的三次战争),古罗马平民与贵族之间始终在争夺城市的执政权。撤离运动期间,大量平民离开城市,以示反对贵族。

座卡皮托利山像十二月一样被栅栏隔开，只能看到阿文提诺山和帕拉蒂尼山，另外四座山丘覆有瓦片屋顶的外壳，看起来并无差别，只有街道的倾斜情况会暴露它们。

☆

玛尔古塔街①这条画家之街有苹丘陡坡的荫蔽。这条街几近荒凉，有一些工作室，在昏睡的午后收回敞开的窗扇，它没有让我想起毕加索或者帕斯金的蒙马特高地或蒙帕纳斯，它的平民百姓和马厩却让我想起略显衰老的圣日耳曼区后方。1900 年罗马的碎片、普契尼和克里斯皮的罗马碎片，它们被保存在公园斜坡的影子里；似乎罗马所有的马车都应该在这条安静的停车道上过夜。

在莫拉维亚的小说《愁闷》里，我发现有种迟钝和孤单的气氛似乎独属于这条沉闷的街道，它就在离西班牙广场和人民广场两步路的地方，真叫人意外。这条路和书里的女主人公很相衬，它地位边缘、平凡无奇、衣着朴素，可对寂静的喜爱和寥寥无几的对话给它带来贫乏的神秘动人之处，甚至令它别具一格。

---

① 原文为意大利文 Via Margutta。

如果没有读过这本书,没有来过这个街区和这条街,我也许不会认为这部小说有什么价值,而它的主要价值是一直在被轻声地①地书写。

☆

在一张圣三一教堂台阶的照片上,我又看到了巴宾顿餐馆的招牌,我有时候会和阿里埃尔·德尼去那里吃饭,他从不远处的美第奇别墅过来。高傲的阿尔比恩②那小小的烹饪据点虽然身处罗马腹地,却没有给当地菜肴③留下任何余地,炫耀着自己的茶室④、培根蛋、果冻⑤、水煮蔬菜⑥,稳稳扎在西班牙广场的角落里,像直布罗陀巨岩一样坚固,不愿降旗投降。虽然我在巴宾顿又尝到了薄荷味的羔羊和比格斯夫人寄宿学校里夏天的醋栗布丁,可它只是一个永远方便中午约见的地方:简单、清淡、多样的意餐虽然原料有限,但意大利面的调味精妙而富有新意,所以这里的菜从未让我觉得沉闷,而且在一天中的任何时

---

① 原文为意大利文 sotto voce。
② Albion,英国的旧称。
③ 原文为英文 natives。
④ 原文为英文 tea rooms。
⑤ 原文为英文 jellies。
⑥ 原文为英文 vegetables。

刻都让我的头脑自由而饱满：透明的厨房让室内的日常光线完全而彻底地透过来、继续照耀，从来不会像法式厨房那般用奢华的派头去大大地加强和加重从一个阶段到另一个阶段的过渡。"活水"这家店挨着万神庙，天花板上绘了壁画，迷人的有色见习女服务员穿着精心裁剪的开衩裙，菜单上交替展示着圣经里预言大限已到的马内-台塞尔-法雷斯和菜肴浓烈的物质气息……

罗西尼牛排

\*

耶和华是我的牧者，我必不至缺乏

\*

香橙烤鸭

\*

预备主的道，修直他的路。

……我在这家店吃饭时，它当然不会在法餐庆典中唤起任何对复活节之谜的沉思，但还是会带来些许福音书里的虔诚，餐桌的愉快气氛中穿过一丝对分圣餐的记忆。

☆

拉特朗圣若望大殿和城外圣保禄大殿的广场郁郁葱葱，绿草如茵，有些亲切，圣母大殿广场在渐高的底座上铺展，圣三一教堂的广场陡峭得像玛雅金字塔，而圣彼得大教堂的广场在它前面挣脱出了本身作为教堂入口的意义，获得了一种功能上的自治，每个新晋主教在梵蒂冈某扇窗户进行宣告时都具象化了这种自治，正如大型节日时人群和被框在建筑正面中心窗户里的教皇之间进行对话和应答轮唱。圣彼得大教堂真正的讲道台是朝向户外的，法国只有几座非常古老的教堂保存着这类纪念品。圣彼得广场因为在文艺复兴和反宗教改革中遭到广泛的漠视而变得庄严、冷峻，竖着一排排的柱子，被孤立，被围困，被禁锢在毫无新意的编码过的对话中，以纯粹的寓意和暗示方式，让人想起神秘的古希腊广场，中世纪时，人们在各教堂门厅前的户外鼓吹十字军东征。在精神领袖及其民众之间，曾经相互传递的热情和时有骚乱的集体恐慌如今退化为温和的形式主义仪式。需要再说一下，罗马的一个悲哀之处源于它宏伟却一成不变、悬在半空的姿态，各处的礼拜仪式和建筑都在试图模仿这些姿态，似在梦中，似在回忆里，可从来没有完成。

☆

教堂在罗马随处可见，人们说有 280 座，它在这里是一种城市主题，不像在我们这里被严格地盖上信仰的印章，而是在来来往往中更自由地融入街道的日常生活。里面没有家具，是为了让人站立而布置的，而不是为了让人坐下，它不是我们这儿的那种阴暗、寂静、祈祷专用的死胡同，而是一个空气新鲜、时而明媚的中转、休息、会面之所，只是会用自由而有间隔的延音记号为城里人的路线加上节奏，为咖啡馆留下一整天中零零散散的小憩里最普通的那部分。正是这些塑造了《托斯卡》第一幕的魅力，有十足的地方特色。这些地方是艺术的祭坛，具有统治性的绝对信仰，但不止一次地被烙上肉欲、乃至色情的浓厚色彩，就像在胜利之后圣母堂那样，从古代大教堂里冰冷而僵硬的镶嵌瓷砖一直到贝尼尼和波罗米尼式的巴洛克小客厅，都让罗马觉得它在缓慢而必然地逐渐打开所有自动关闭的门，敞向从街道上升起的平凡梦想，敞向任意变幻的欲望和想象。在罗马，从公共道路或私宅出发到教堂，总有一条没有被明显打断的过道，当然，今天世俗的游客洪流突显了这条早就存在的过道。相比别处来说，这里似乎有群更世俗的教士和更虔诚的民众生活在一起，相互磨合了数千年。生活沿着街道处处敞开，以最戏剧的方式呈现自己的宗教面和世俗面，但是这两个方面长久以来关系和睦，它们之间的反差毫无波澜，好像两者之间习以为常的无数通道始终半开着。

☆

在罗马，教堂建在街边；它依然会让人想起农神庙还是国家保险箱的时代。无论是从设计、题词的装饰框来看，还是从被嵌进一排建筑的形态来看，抑或是从不甚明朗的隐秘官方性质痕迹来看，很多教堂的正面都和想象中豪华大楼的正面差不多，比如部门大楼、博物馆、档案馆、储蓄银行。让人回想起，在教皇权力执掌着罗马和意大利中部的漫长岁月里，有很多教堂都顶着红衣主教的头衔，而且每一个都转归到了枢机团的某个成员名下。外国游客在罗马街道上轻而易举地就能看到教堂跟文化建筑、博物馆和行政楼一样重要，它几乎彻底令这些建筑相形见绌，只不过门厅上没有旗帜。我离开罗马的时候，丝毫没有想到国家部门、总统府会出现在哪里，还有我总是只能通过《追忆》①里的德·诺布瓦先生认出来的那幢神秘建筑:"从蒙提特利欧宫喊出的一记警告声。"

☆

在这座天主教大都市里,世俗化像水滑过鸭子的羽毛一样从这里滑过。在这个东方国度里,繁荣昌盛的实现只能依赖不被现行体制所重视的活动,在这里有这样一座城市:双重统治是合乎惯例的,官方性质像是因无能而遭受打击,这无能不仅可笑,而且温和、惬意,一切都好像主要在暗地里运转,轻松、自在而天真,不但有利可图的活动如此,还有历史、艺术、文化、纪念品、平民生活,它们像宁静的大海一样环绕着唯一的那座突兀而醒目的珊瑚岛,在意大利统一运动中浮现出来,这座珊瑚岛就是维托里奥·埃马努埃莱二世纪念堂。

☆

司汤达创作《罗马漫步》的时候,夏多布里昂在这里担任使节。书里提到使节打算为普桑修墓,还有

---

① 指法国作家普鲁斯特(Proust)之作《追忆逝水年华》。

几行很客观的句子，写的是 1829 年教皇选举期间他在各位红衣主教之间活动，整本书中只有这些内容暗示了夏多布里昂当罗马使节这回事。两位都是这座城市的爱慕者，但是像圣西门所说，他们的罗马根本融不到一起。《基督教真谛》作者的眼里只有异教国土的宏伟遗迹，带着他在每个荣耀时代的盖棺陵墓上畅想；而那位自由的思想者又一次与自己的时间感知脱了节，像个温克尔曼之前的游客，他在自己的《漫步》中没有跳过一座教堂，特别是没有跳过一座巴洛克教堂，在那里，这位歌剧院爱好者觉得处处都像在自己家中。

☆

把称霸天下的帝国形象困在一个城市名里，真是荒唐！一千五百年来任其被遗忘在这个名字里。有一种后继无人的散漫氛围是罗马所独有的。在它的街道上散步时，会驻足停留，因为有数千年来各个时期的大量宏伟纪念物矗立着，因为有非凡的建筑遍布着，因为有艺术品堆积着——可是，却有种少了什么、缺了核心的感觉在弥漫。好像我们走遍了一座宫殿的每个房间，而宫殿传奇般的主人突发奇想，将自己藏起来，再也不会为任何人出现了。

奇特的城市，它踮着脚撤出了编年表和历史年鉴，只想认认真真地重振玛拉基、菲奥雷的约阿希姆和诺斯特拉达穆斯提出的末世论式的、千禧年主义的计算。它阴险狡诈地眯着眼睛梦想着穿越千年。去第三罗马吗？……

> 然而，长着拉丁人面孔的西比尔
> 依然沉睡在君士坦丁凯旋门下
> 那威严的柱廊不可侵扰。①

☆

我不喜欢在公共图书馆里看书。只有在找不到任何地方来赏画时，我才会去博物馆看。造型艺术遭到监禁、围困（随之产生一种毫无节制的商业增值），让人在二十世纪末不止一次地想起米歇尔·福柯在另一个场合中谈论过的庞大监禁。

刚写下对这座城市的恶言恶语，我就开始想反驳自己。在成堆成堆的展出作品中，博物馆或是缺席、

---

① 出自法国诗人奈瓦尔（Nerval）的诗作《德尔菲嘉》。

或是较为微不足道，这在罗马是一种乐趣。壁画、墓地、镶嵌瓷砖、宗教画、喷泉、雕像、雕塑组，它们几乎依然待在原本的位置①。位置移动、时而困难的研究、教堂的开放时间或是对外仪式，这些基本上不会同时让它们得到烘托、肯定和通风，而在两次这类活动之间，每次重新浸入始终阳光灿烂、高兴愉悦的日常生活都令人放松。没有对艺术消化不良。

这里，艺术品，尤其是正在发展的小众艺术品，有时会掩盖自己最确凿却最被忽视的魅力，让人不期而遇。在罗马散步（司汤达说，旅游指南的标题顾左右而言他，可我们别无选择）是有东西可看的，这是它的魅力之所在，能在街上随意漫游，超现实主义者们在这里捕捉着"可能之风"。而如果不像他们一样寻找鲜活之物，就几乎随时都能收到奖赏。这座城市是一座博物馆，像一座大杂烩似的外省博物馆，让埃及棺材与抽象画为邻，但它或许是一座身家亿万的博物馆，人们在这里吃饭、喝酒、睡觉、抽烟、做梦、午睡、搭讪女人、不会把雨伞放到衣物寄存处，甚至能给自己买个套房，就像以前买下这里某家剧院的一间包厢。

---

① 原文为拉丁文 in situ。

远离罗马

几乎没有必要去对比 1780 年或 1830 年的艺术朝圣者和 1980 年的游客对罗马之旅的印象,因为他们到访的不是同一座城市。歌德和司汤达的罗马是过气国家的首府、被小心管理的宗教之都,待在昏睡机器的杂音里,这是一座全然没有功能的城市,无论是商业、工业还是城市生活,都从来没有在此生根。与其说它是一座城市,不如说是一种极其混杂又醉人的城市乳胶,四分之一是庄严的遗迹,四分之一是巴洛克的光芒,四分之一是半睡半醒的宫殿和别墅,还有四分之一是渐渐变成残垣断壁的平民的简陋小屋,条条小巷①里处处上演的生活片段小景令它们生机蓬勃,像司汤达所说节日上的鞭炮②齐放。像在今天威尼斯

---

① 原文为意大利文 viccoli,疑为作者笔误,应为 vicoli。
② 原文为意大利文 mortaretti。

的偏远街区,一种出神而漫布的寂静会从这片墓地①里渗出来,这里的生命在闲置的遗迹上艰难地复苏,看起来体弱多病、无人问津,而这墓地的所有人是废墟上的植物。统一的意大利炸毁了一座萎靡城市的脆弱平衡,略加收拾后就成了一个现代国家的首都,像一只母鸡要去游泳。意大利政府在1871年迁至罗马时,有人计算过,如果要临时安置官员,就需要四万间房间,可整个城市里只清点出了五百间。现代罗马是个紧急分成块的土地,先是围住和包裹了遗迹的空间,随后解除了那里的魔障,在此之前,从这些空间里生发出了赋予城市以基调的寂静,如今,它们被机动车的喧闹声隔绝开来,只能在密闭而平庸的飞地上继续存在,在这个意义上,它们今后无法与城市还具有活力的组织进行任何一种密切交流。罗马的废墟不受待见,像是城市地质里一个实用的简要元素,人们对它修补、侵蚀、掠夺、再利用,每百年修整一次,织成了隐秘的肌理,造就了七丘之景中不可或缺的一个部分,在罗马成了一个隔离区,因冰冷的博物馆登记簿而变得神圣,被一根绷紧的红绳永远剥夺了一切想象的光芒,这根红绳在历史住宅里隔开了"起居室",这里从前有个名人来来往往,可对于游客、对

---

① 原文为意大利文 campo santo。

于所困之地的内容而言,唉!这红绳都意味着禁止触摸。

虽然这座城市里矗立着维托里奥·埃马努埃莱二世纪念堂,却逃避了最糟糕的情况。意大利统一运动者们愤怒地反对教皇,对抗一个在他们看来已经完全落后、不宜居住的首都,这股怒气鼓励他们去做梦,而他们以芝加哥为典范,在其他计划之外去梦想、去想象一个建有高架①的罗马,这个罗马越过特雷维喷泉和四河喷泉,把西班牙广场和斗兽场连在一起。这一切都被架在"绘有图画,作为城市的固定装饰"的生铁圆柱上。

☆

游客们刚到罗马市中心时,会感觉这里与拉丁欧洲任何一个有故事的都城都差不多。这里也是个巴黎,只是少了国立中世纪博物馆和吕特斯竞技场,以及一些更夺目的……即到即住的房屋从十九世纪下半叶起大面积地覆盖了欧洲各个城市,这种统一的风潮具备均衡的能力,给这里带来了人们远未想见的城市面貌,像巴黎蒙梭原街区和欧洲区那样。受精彩游记

---

① 原文为英文 Elevated。

的影响，游客们不由自主地预见到一种彻底的陌生感，而这些游记实际上都早于1870年（在威尼斯下船的时候，这一点得到了充分证实，甚至是激发），所以这种陌生感并没有如期而至。没有拉伯雷的钟鸣岛，没有司汤达的虔诚过度、有点腐臭的修道院龌龊住所，没有夏多布里昂的废墟上的月光，这月光下没有**出租房**，像巴尔米拉或是波斯波利斯那样。在罗马游览，总是免不了反复无常的眼罩游戏、本能的隐藏行为，免不了视野受约束，这种约束每时每刻都在抹去细节，也经常抹去整体上不协调、不讨喜的部分。但是，正如罗马的街道每时每刻都在跨过、穿越各个世纪，人们对罗马醇如陈酒的印象也存入了回忆，愈发深刻：它毫无秩序、时而令人反感的标志性杂乱状态会在记忆里引发一种有些梦幻的对它自身的重组，而这重组最终立下了威望。我对罗马的记忆并不受限于我偶尔查阅的罗马地图，它更常跟随被梦境突然打断的阿里阿德涅之线，梦里，刚刚在身后关上熟悉房间的门、转过身，房门就意外地开向一片生长旺盛的林下灌木**丛**，或是有鳄鱼的洼地。我总觉得这座城市被光秃而荒凉的广阔空间撕裂，所有疯长着植物的废墟围场在这里聚集，一个接一个地被城市包围；一种潜伏着的荒漠化颠覆行动渗入这座遭受洗劫最严重的城市。一千五百年来，从未被填补的长期间隔令这座城市摇摆在所是与所指之间,把城市诗化为无力成为其所是的模样,并非在历史学层面,而是在制图学的层面:一座破破烂烂的城市,被从未有人见过的可怕空地打了一个又一个的洞,这些空地似乎在很清醒地做着梦,一边在等待科幻小说中的某种超时间降落。

☆

距离罗马之行已经过去一年了,昨天和今天,我想起罗马,印象却清晰起来。最终有一个印象尤为深刻,就是对被禁闭的印象。当然,这是一座宝藏之城,但是任何一种海风、任何一道天际上的缺口都调动不了它的情绪、复苏不了它的生气。一想到那些长有法国梧桐的码头无用且平庸,就叫人恼火,它们紧紧扼住无力的干河,太让我失望了,那类似于塞文地区一座干渴小城市的码头,用眼角窥伺着裹着泥土的洪水。大海,近在咫尺,却看似远在天边;在塞夫尔桥上,可以看到圣克卢山丘脚下的塞纳河在无尽地诉说,而从阿文提诺脚下流过的台伯河却沉默得多。在这座世界之都并不宏伟的遗址中,看不出任何命运庄严的坡度,二十个世纪以来,乞讨的无业游民源源不断地移民到此,他们被禁锢在小巷、小广场、小教堂里,他们只有微不足道的欢乐、微不足道的交易、微不足道的祈祷。一个乡村气息浓厚的小镇得到巨额捐赠后成了亿万富翁,作为背景待在我对这座城市的混杂回忆里,没有真正地融进去。在这个回忆储藏室的深处,我心里有种难以遏制的偏见,觉得对于想象来说,比起仅由顽固的历史意志所系住的力量中心,地理的必然性会让城市更高贵、更有说服力:巴黎、纽约或者君士坦丁堡便是如此,而罗马、彼得格勒或者柏林却有些逊色了。

☆

都灵和米兰之所以属于中欧,是因为房屋、宫殿和公共建筑的建筑特征、波河平原,还有波河平原的风光,可它们其实依然是这个半岛的外人,就像古罗马人曾经是内高卢的外人,意大利的名字从来没有攥住这里。汤因比法则又一次得到了证实:文明是从中心地带开始发扬光大的,但是当代的统一却被皮埃蒙特这种古老的马克领地①强制执行,像普鲁士曾经对德国做过的那样。收窄了宽度、爆发出高度的房屋(把建了房屋的科西嘉变成了意大利中部的附属地区)

---

① "马克领地"源于中世纪早期,指在征服或摆脱另一领地后在边疆建立的封地,统治者赋予此地以抵抗周边领地的特殊功能。

有醒目的赭石色与红色，它们几乎只会和半岛一同出现，伴着蜷缩在狭窄小道网周围的小城市，给人以紧凑的物质亲密感和拳头紧握的安全感，在意大利，最寻常的小镇都趋向于此。对于大多数人来说，罗马之所以显得混杂，是因为这种动荡不安的蜂箱结构只有在残余状态中才会出现，比如在纳沃纳广场四周，或是在特拉斯提弗列的老旧平民区。这里看不到一点和希腊城市一样排外的强烈而专制的都市生活，可它却深远地塑造了意大利中部的城邦。比萨，还有锡耶纳、皮斯托亚或者佛罗伦萨。这座城市的心脏是一个人工心脏，一开始差不多还没建住宅区的时候就被植入了：拉特朗、古老的"利奥城"、梵蒂冈，都从来没有看到过城市在自己的荫庇下生长出来；它们像中国的租界（大致相当于今天梵蒂冈这个国家的地位）一样建在当地城市的旁边。于是这座城市的意大利特征让人觉得模糊不清，不似佛罗伦萨朝着都市化迅速发展，只是个特大的首都、一扇爬满虱子的君主制美丽窗口，过去的那不勒斯就一直如此。一旦从回忆中赶走那些废墟、教堂和艺术幻象，棕榈树和泰尔讷区就联袂决定了我对这座城市自然而然产生的印象：是一个片面的印象，看到罗马不似想象中那般使人感到身处异乡，我失望了，对它的印象也变得激进。实际上，对于一座当代城市而言，如果用一个像罗马一样已经彻底变为神话的名字去回应游客,无异于下了一个不能去跟进的赌注。什么都不能阻止一个传奇的名字在四处召唤,于是,在想象中再现出一座建筑,庞大而疯狂得有如忽必烈的宫殿,与那座名为巴比伦的城市一样,被建筑、塑造为一个唯一的整体。而我们面前只有一座二十世纪的漂亮首都,它温和、灿烂,是旅游和居住的好去处,它的每一座教堂里有多少杰出的画作,就有多少床单堆放在卧室的衣橱里,就有多少整洁、随处可见的废墟角落在距离我们不到五分钟的公共汽车车程里。只有面对着卡拉卡拉浴场的时候,我们才会感觉有点像在阿拉比亚。

☆

罗马历史悠久,它经历了三千年的沉沉浮浮,首都的地位经久不变,以各种名号统治有人居住的世界,这些都不是我们痴迷于此的原因,而更多的是因为这里有一种潮涨潮退般的循环现象,它影响着城市的实体却没有改变它的功能,不加考虑地指定由帝国还是天主教掌权:一会儿是西罗马帝国晚期首都的问题街区,大面积铺开廉租房,并被疯狂的市政服务弄得乱七八糟;一会儿是全都荒废了的藏族喇嘛寺;一会儿又是散架后被自己的乡村夺回去的惨白城市骨架，像是沦丧于一种过时的城市**昏迷**，只会在山羊脖子上的铃声、修道院的钟声和吹笛人①那带鼻音的刺耳声音中恢复生气。这里不是如拉萨、麦加或者瓦拉纳西一般拥有恒久之基的圣城，这里不是某个政治空间的重心，不像在莫斯科那样，权力会通过一种重力的运转自行归位。这里更像是一个时间之外的世界优越权势贮藏地，需得到长期的历史认可，而认可它的是一些形态受彼此汰换的民族，人们既渴望这些形态，也实现了这些形态。与其说这是一座城市，不如说这是一份没有实体的帝国委托书，与一切真实的帝国断了关系，无论是终极的政治虚荣，还是普遍权力那不断提出新见解的能力，都能在此得到喘息。

> 罗马人，要记住统治这些民族，
> 这是你们的强项……②

一面是对全能的永恒幻想，一面是乡气、琐碎、没有实质内容的旮旯罗马生活，正是因为这个随处可见的反差，沿街而行的人们有时会感到不自在，可这里的街道曲折蜿蜒、生机勃勃，不会逊于任何一座其

---

① 原文为意大利文 pifferari。
② 原文为拉丁文 Tu regere imperio populos, Romane, memento / Hae tibi erunt artes…，出自维吉尔之作《埃涅阿斯纪》。

他城市。这里的地方天性在阳光普照的遗迹中洪亮而清晰地与歌德、与夏多布里昂交谈,可在现代游客看来,它在宏伟的遗物之间粗俗地吞吞吐吐,这些遗物和一切语言之间的关联被逐渐隔断,因为文化在普遍地剔除拉丁元素,因为这个规模中等的国家在扩增行政服务部门,因为有了连锁旅馆、歇脚的客栈、旅游公司①,还有美式现代旅游大巴。无论这看法是对是错,我都觉得美国元素对罗马的影响要超过对维也纳或者佛罗伦萨的影响,而且有效得多,自然而然地用视觉污染麻木了参观这些遗迹的欧洲游客的眼睛,或多或少地把这些遗迹变成了阿兹台克遗迹。古典主义时期的人文主义者刚踏上米尔维奥桥②就能感到自己身上有古老的魔力正在起效,而今天若是想在自己身上唤醒这种魔力,就必须显得有点像个造作狂。

☆

意大利战争的暴乱、革命的动荡、1527 年的洗劫、文艺复兴那尘土飞扬又闹哄哄的工地,这些当然让罗马短暂拥有了第二帝国的模样,在此之后,十七

---

① 原文为英文 tour-operators。
② 原文为意大利文 Ponte Molle。

世纪让我们想到一个明亮、遁世、静心、凝神沉思的晚秋,像是这座城市里的秋日回暖。文艺复兴缔造者的反抗精神已光辉不再;人们不再谈起意大利战争。罗马退出了世界舞台。温克尔曼还没有出生;朝向废墟的回归、和艺术朝圣有关的仪式性祈祷,这些都只会在未来的世纪里出现。人们去罗马、逗留于此,只是因为在那里感觉良好,不会对各个帝国的衰落做历史评价,不会在斗兽场里沉思,丝毫不会对那里的文化卑躬屈膝。这是风景画家们的好时光,格外惬意,他们在我看来像是罗马的高贵野蛮人①。他们住在罗马,就像都那叶·德·塞贡札克以前住在圣特罗佩,或是高更住在蓬塔旺:像是住在一座安静而朴素的别致小城市,有一些可供绘画的漂亮角落。普桑在自己的书信里对这座城市只字不提,克劳德·热莱为自己在意大利的目不识丁而骄傲。那时候还是被祝福的年代,城市还没有郊区。普桑和克劳德·热莱,他们两人在靠近圣三一教堂的地方都有个普通的住处。几乎每天都有人在罗马周边遇到普桑,他来到今天的普希诺谷,胳膊下夹着画夹,手里提着火枪,在田野里既满足自己的艺术要求,又满足简单餐食的需求。那时候,歌德、夏多布里昂和司汤达还没有来到这座尚未

---

① "高贵野蛮人",指一种理想化的土著、外族或他者。

感到有任何地位①需要维持的城市,他们会提醒它留意自己的美学、诗歌和历史职责。我真喜欢我想象里那个世纪之交的罗马!在那时,没有一个游客会觉得有必要去书写罗马;在那时,还没有一个人想到要给奶牛牧场除草;在那时,卡拉瓦乔不去理会刚刚得到的新出土的维纳斯,却速写了街上的一位波希米亚女子;在那时,这座迷人的小城里满是自由和意外,田野渗入其中,公园、石灰窑、养兔林和城市垃圾场让这里起伏多变,它彻底沉浸在这种在今天少而又少的**即时生活**里。

☆

我读完了一部关于《法国人在罗马》的著作。他们和永恒之城接触后的反应比盎格鲁—撒克逊人和日耳曼人的反应要简单得多,世世代代都是如此。对于北欧人来说,罗马当然还是首先象征着太阳、热光、生活的喜悦,象征着自由享乐的天主教解除了枷锁,解除了清教徒或者虔诚教徒的胸衣。他们觉得意大利人的举止天性怪异得很,无法完全认同个中魅力。而法国人,一有机会就比画手势,用三寸不烂之舌说得

---

① 原文为英文 standing。

人晕头转向、神魂颠倒，还像土生土长的半岛居民似的对女人虚情假意，他们在一个意大利人身上看到了一个半的法国人，而且单纯地认为他不是自己这种一被注意到就不再手舞足蹈的人。这座巴洛克风格的天主教古装大剧院还远不能让法国人觉得足够新颖。在这里，灯光看起来不怎么炫目，意大利在整个白天中带给游客们的以手指拂过肉感水果的愉悦之感也被理所当然地缩减了。第一次接触的时候极少的人会受到诱惑：没几个法国人会不经过长期适应就直接变成罗马人。蒙田需要在那里待上数月，一开始在罗马百无聊赖的斯塔尔夫人需要一种精神之爱而非心动之爱。杜·贝莱的敌意向来不曾断绝，而写了《罗马、那不勒斯和佛罗伦萨》的司汤达尤其对乡下的封闭和罗马生活的霉味敏感；只有夏多布里昂的感受与众不同，他觉得自己顿时就被征服了。

☆

我无法效仿司汤达去热情地对待被马伦哥战役"解放"、经科西嘉长官改造的意大利。能让我去想象的其实是十八世纪的意大利，它虽然在政治上和社会上都已衰老，却因为唯独钟情于艺术和音乐而重现青春。很久以前我所发现的意大利就是这般模样，是在法亚尔出版社的历史丛书之一《十八世纪的威尼斯》这卷书里发现的,后来在路易·奥特克尔的一部旧作里又遇见了它,也就是《罗马与十八世纪末的古代文化复兴》。极度衰弱的神权政治统治着整个意大利中部,虽然其自身有种种缺陷,它还是必须通过教皇和收集古董的红衣主教向社会生活传播柔美与厚道,在君主随身佩剑的体制里,是不允许这种情况出现的。带有微妙色情色彩的异教假借着对美好古代的崇拜重新崭露头角,像是文艺复兴时期(没有野蛮的政治风气)在礼拜仪式的浮华背后,巴洛克教堂的装饰增添了一种对调情明信片的淡淡回味:庇护六世坐在教宗御轿①上,一面用右手祝福人群,一面用左手公然提起长袍的下摆,让信徒们好好看看自己线条优美的腿肚。

☆

为什么我没有真正爱上这个被不绝赞誉的国家?这里的艺术品密度非比寻常,超过了世界上任何一个国家。而十五年之后,我待过三天的西博滕省依然近在咫尺,高原地区或者康尼马拉的任何一个偏远地

---

① 原文为意大利文 sedia gestatoria。

带，只要我游览过，离开时就一定会带着遗憾情绪。在意大利，我呼吸不畅（除了在威尼斯，那里的一切都来自海洋，来来回回地流淌），因为被关在筑有围墙的城市里、市政的窝棚里，一切都就地迅速增生、堆在一起、叠在一起，还爬到自己已经被消化的残渣上，浑浑噩噩。生长在那里完全是在纵向上推进的，但是他们的摩天大楼在地下，每个时代都把这些大楼往疏松的凝灰岩里再压得深一些，只在厚厚的废墟上保留一小块与阳光接触的区域，像珊瑚礁那样。这一切打造都是为了让你免遭海风和无限之感：对于在这里诞生的文明来说，自由的空间毫无价值可言，只有一种残存的物质可以在它们之间玩弄一栋栋的建筑。

☆

我对罗马的印象失去了些许鲜活的棱角，遗迹、梵蒂冈和其他艺术园地逐渐排列在一个与记忆分开的隔间里，于是我对那里的咖啡店、行人、码头、广场、出租车、报刊亭、街上的环境和车流所保留的回忆几乎成了对一座法国城市的回忆。对声音的回忆尤其如此，街上的背景声简直是一模一样：不是说卡斯蒂利亚方言那响板似的狂热断奏[1]被卖票盲人嘴里喊出的"今日演出"[2]打断;不是说被稀释、被改变音色的法语在布鲁塞尔或是洛桑的街道上处处都听起来很突兀;也不是说似伦敦交通一般慢得像打了镇静剂,而是说以同样的方式去行走、闲逛、买报纸、进咖啡馆、搭讪女人,时间表一致、速度[3]一致、每日节奏也一致。风景、绘画、古迹、废墟,它们像透景画的画布一样从回忆的眼睛上滑过;有一种我已经熟悉的日常财富在延续:在罗马神话般的秀场[4]里,我没有一刻比1900年世界博览会上的巴黎人更有身处异乡之感。

☆

有时候罗马对我来说缺乏足够的吸引力,因为城市里没有集中性的古迹,所以它无法让想象力集中到唯一而宏大的回忆中,也无法突然耀眼地带来一个时间点、一个被挑选出来的时代,而佛罗伦萨有十五世纪,威尼斯有十六世纪,代尔夫特有十七世纪。罗马

---

[1] 原文为意大利文 staccato。
[2] 原文为西班牙文 para hoy。
[3] 原文为意大利文 tempo。
[4] 原文为英文 show。

是个半成品①，一个用零散的城市材料堆成的奢华旧货，亟待组装或重新使用；它只是个吵闹的工地，尤其在做否定时间的工作。或者，更确切地说，这里涌动着**建造—摧毁**的浪潮，它是整座城市的内在脉搏，但是我们永远都无法在它搏动的时候抓住它，却能够看到它、触摸到它，看到眩晕，触到转向，因为好像在每一座被移除的古迹旁边，人们都会留下一个见证者，见证被它取代的那座建筑，像是一家拥挤的商店从来都不会在货架上撤掉**被余下之物**，只是把它们往旁边挪一点，给新到的货物腾地方。这是一种沿着空间和时间展开的奢华并存，不过是单纯的并存，不会引起任何像在佛罗伦萨那样的累积效果，没有一堵墙会如凹面镜一般反射、聚集起城市的灵魂。罗马给人的忧郁之感是静态的，很奇怪，这种感觉是我们在不断的运动中体会到的，它根本不是一个沙漏，那里的材料不停地更换层级，同时保持始终如一。每座古迹在那里的每个地方都与自己的祖先和后人打着照面，散发出一点自己独特的香气，像一个名字被重新安放到谱系树里；正因为如此，"永恒之城"——与其说是永恒之城，不如说是固定不动的古迹电影，完全听从**前后比照**那不可抗拒的暗示——是那样吸引夏多布

---

① 原文为英文 work in progress。

里昂的想象,他总是迷恋将存在之物一直溶解成幻影的一切。

这就是为何我觉得那些迟钝的时期比其他时期更具魅力,这些时期已融入城市破立不断的眩晕里:司汤达笔下和《托斯卡》里的罗马遍地都是羊群,草儿长在街道上,而往前一点,温克尔曼的罗马刚刚开始沉迷于悲惨的挖掘狂热,开始在墓地的寂静里翻找。我时常在脑海里又看到阿文提诺山上马耳他骑士的小广场,那是一个奇怪的四边形死胡同,围着矮墙,墙上伸出柏树,这些墙像是围着一座墓地①,可处处都竖着刻有浅浮雕的石板,既有纪念氛围,又有军人气派,像是有个罗马军团曾经驻扎于此,为了某个纪念仪式在整个一圈都列着旗帜和战利品。在这个四边形一条长长的侧边中,开了那扇马耳他隐修院的大门;每个来这里的游客都会把眼睛贴在那个锁上,这成了一项传统,锁眼正好勾勒出远处圣彼得大教堂的圆顶,所以人们把这个锁换成了金属目镜环,像圆雕饰一样框住视野。我经过这个小广场时——其实我是从那里出来后还没有折返,因为它没有出口——那边有

---

① 原文为意大利文 campo santo。

两三个人在玩滚球或圆石片。这间小小的古迹暗室①密封着、空空的,对准叶丛中远处的缺口,像《金甲虫》里的主教座位,我一直觉得这个地方有巫术的气息:皮拉内西设计了这个小广场,可他的名字并未过度扰乱以上种种;突然,我们在这里感到所处的城市中不仅有君主和教皇,还有西卜林书、神秘的奠基仪式、厄运②和恶毒之眼,感到这座城市的生命也许依赖着一种跟金字塔一样声名狼藉的地下几何。

☆

人们只会真正住在自己建造的房子里,只会长久地待在与自己天性相符的地方。任何民族、任何阶层都不能长期侵占被祖先或敌人放弃的空空贝壳:寄居蟹般的文明是没有未来的。就算是 1914 年的步兵,他们在被自成一类③的气息警告之后,也没有在已经攻克的壕沟里占领德国的防空洞。

罗马帝国轰然倒塌后,在哥特人占领期和之后的一段时间里,人们曾有几次试着修缮首都的古迹,这

---

① 原文为意大利文 camera oscura。
② 原文为意大利文 jettatura。
③ 原文为拉丁文 sui generis。

些古迹依然近乎完好无损；有一阵子，甚至还有人住在帕拉蒂尼山上的最高执政住宅。后来，全面抛弃的现象打消了所有迁入其中的愿望；一切都变成细屑，一点一点地回到土里；罗马成了一个采石场，圆柱被教堂再利用，大理石被石灰煅烧工（中世纪时期，石灰煅烧工组成了这座城市里最大的行会之一）再利用。那些无法真正毁掉的大型建筑继续存在着，只是被当作地势的高低起伏，人们使劲儿挖掘它们的防御优势：斗兽场、哈德良陵墓、马切罗剧场、奥古斯都陵墓，它们都被改造成了塔楼；更有甚者，筑有垛墙的封建塔楼一下就在提图斯凯旋门和君士坦丁凯旋门之上矗立了起来。

我觉得斯宾格勒在《西方的没落》一书中没有足够重视居住形式中根本的不可调和性，他本应如此，而这种不可调和性又强有力地支撑着他的论点：好像一种文明的成果在后人眼中已变得晦涩难懂、无法运用，不仅是更难以传承的"文化"成果如此，甚至最为严格、最为显而易见地为了实用的成就也是如此，后人视角新颖，突然用所有引水渠、所有桥梁、大门、街道、塔楼、神殿和宫殿打造了一种风光，一种简单的风光。

这是过去的真实情况，几乎一直如此，直到二十世纪末。但是今天呢？无论一座房屋是属于平民、首领还是神，它都不再是一件根据材料、风俗、用途和工作而定制裁剪成的石头衣裳；刚来到**即住型房屋**的时代，异化——我们这个时代翻来覆去地讲这个词，讲到令人作呕——就开始在世界五大洲把牲畜一样的人强势引入预先制好的牲畜栏里。从家庭结构的解体直到早期的帮派组建，所有种类的畸形、肿瘤和怪病都来自人类和贝壳粗糙表面的摩擦，引起荨麻疹和溃疡，而这个贝壳第一次没有渗出液体。

没有被选择，但也坚不可摧。如果人类有幸最终在某一天拒绝了水泥蜂巢和纷繁交错的城市地层，那么，像在罗马这座城市里一样的厚厚贝壳砂泥灰岩就几乎没有机会重现了。毁灭混凝土遗迹的难度和在它上面居住的难度一样大，几乎无法翻修：人们宁愿选择在它旁边建个新房，就像英国街区建在了与印度城市相隔的地方。而也许，我们会在未来数百年里看到真正的城市死尸，它们是站着老去的，显得更加丑恶了，它们甚至会用各种水泥浇铸的鞋底挫败荆棘和荨麻，向天空展示出自己锈迹斑斑的内脏。

狭水悠悠

如果单单是旅行、那种打算一去不回的旅行就能为我们打开一扇扇门、能真正改变我们的生活，那么一种挥舞着魔杖的隐秘巫术就会让我们体验到最喜爱的那次散步，或是一场既非冒险也不意外的远足，几小时后把我们带回停泊点，带回熟悉的房屋栅栏那儿。为什么这种感觉早早就在我心里生了根？地球在重重张力下隐藏着因人而异的力场，对于冒险前去的人来说，回程中未必像来时一样感到安全；应该相信不仅仅是歌德所珍视的"星球之吻"朦朦胧胧地照亮了我们的生命之线。有时候，好像在我们身上有一片比我们自己更古老的*密码纸板*，上面有空隙，被穿了孔，它在临时起意的散步中随意破解我们未来生命历程中的力线。我们随意翻看着一本家庭相册，它讲述着我们的过去，可擦去了鲜活又难以启齿的私事，它也向我们传递着触摸主干时的生命之感和凋零的优美格调，虽然软弱无力却依旧笑意盈盈。有些地方就和这家庭相册一样，谜一般地撩起了未来脸上的面纱：它们提前带上了我们的生命色彩；触到这片本就注定属于我们的土地时，我们所有的褶皱都消失了，似一朵日本纸花在水里绽放，不知为何，我们感到自己身在熟悉的地方，好像家庭里的每个成员都即将来到身边。

埃夫尔河是卢瓦尔河一条不起眼的小支流，在距离圣弗洛朗一千五百米的地方汇入河干，那里的小河谷安安静静的，在我遥远的记忆里，它环绕着一个天选之地，那里的盎然生机比其他地方来得隐秘而盛大，那是个世外桃源，从诞生之日起就只用于散步、休闲和乡村节日。在我看来，埃夫尔河最奇特的地方在于，它像古老非洲的某些传奇河流一样，无法游览它的源头跟河口。在挨着卢瓦尔河的那头，人们用胡乱堆放的粗石建了一座没入水中的堤坝，用来防止河水回流，夏天，我们可以走在堤坝上前往贝热尔岛，鞋子不会湿；一片杂乱的白蜡树、杨树和柳树围着水坝外侧的道道水流，挫败了去往下游的探险。往上游去五六公里的地方，有一道磨坊水坝建在库莱纳，挡住了船只溯流而上的道路。若想在埃夫尔河上航行，得提前一两天完成一项讲究的仪式：提前跟一家马里耶咖啡馆的老板娘预定唯一的那条百年小船，这船摇摇晃晃、破败不堪、生了蛀虫、沥青起了泡、有时还没有舵，老板娘把它用锁扣在水坝附近，借给店里的客人们；不成对的桨杆在柳条缆结里滑动，这就是桨耳了。温热汽水的灼烧感又刺激又让人口渴，总是令我想起开航的准备工作：又读到《大莫纳》里谢尔河畔野餐的情节时，这种灼烧感再度出现在我的舌头上，一如往昔。此时，像在马里耶一样，这种灼烧感依然在我的味蕾上炸出了不甚分明的远方异域风味，来自钟声齐鸣的周四和朴实无华的乡间节日。

以前，人们在高高的黏土河岸上沿着木板台阶走到河边，在那里上船，也许今天依旧如此；树枝交叉在黑黑的狭窄河道上方；人们径直进入一片更机敏、警觉的寂静区域，和薄雾一样与水做伴，只有寻常的滴水声与抬起桨板时的流水声才会打断这里的寂静。一钻进石桥的拱洞，低沉而浑厚的回声就会敲打船底片刻；远处，河面宽阔了起来，两边是围有苔草样植物的低矮"牧场"，那其实是锋利的芦苇，有时候，芦苇荡里埋伏着一个渔夫，他被这些栅栏一直围到了下巴，像哨兵似的纹丝不动、高度警觉；一片片菱角像漂浮着的绿色群星铺陈在河面各处，人们在返程时会像检查渔网一样细细查看，好采集长着尖角的菱：

这些带刺的小小植物头盖骨,煮熟了会变硬,劈开后献出脑仁般的果子,有蔗糖和花萼的微甜味道,脆脆的、糙糙的,在牙齿间嘎吱作响。

记忆里,蜿蜒几公里的河水旁,细密画般的景色多姿多彩、惊喜连连:河水凝滞,看起来像是被稀释得寡淡无味的咖啡,船只慢悠悠地滑行,仿佛舞台布景的丝滑变换,各处景色前后相接、你来我往,这些透景画布在游客面前卷起又展开,络绎不绝,他们坐在底板用螺钉固定的小船里游览月神公园。《阿恩海姆乐园》才看了几页,便觉身心愉悦、飘飘然了起来,因为坡的这部小说让人感到水面光滑如镜、轻舟匀速前行,这条轻舟似乎不受流水所控,却被一块看不见的磁铁在前方牵引。罗恩格林的天鹅随着河水的蜿蜒在歌剧舞台上出现又消失,让我再次短暂地心生惶惶不安的幸福感,直到此时我才明白,那是因为在超自然的航行中,会感觉轻微地持续加速。罗恩格林的天鹅船、土耳其狭长轻舟和童话里的石头船,这些质朴的扁舟在看似不起波澜的故事里滑行,我们感到这些扁舟里有急切而真诚的**呼唤:不明飞行物的出现总是带来不祥的暗示**,与这暗示相反,所寻觅之物,对心愿的完成,或至少是在危难中奇迹般地获救,好像总能激励它们去静静地航行。

我说的是爱伦·坡，现在，他会陪着我走完这条已经走了无数次的水路，通常有一伙吵闹而愉快的同伴和我一道，不过，无论是在记忆里，还是在现实中再度踏上这条路的时候，这场出行都像是一场梦：两岸朝我而来，像被劈开的红海之唇一样分开，在寂静中前行，庄严得不可思议；既感到慢得不切实际，又感到船速平稳，有时候，在德·昆西最美、最漫无边际的鸦片梦境里，我能找到这种感觉。黑黑的水、重重的水、加斯东·巴什拉所描述的吞噬影子的水，还有环绕仙女岛的水，在壕沟凹穴里等待淹没鄂树府废墟的水，这水和卢瓦尔河阴险又猛烈的流水截然不同，那里的水磨碎、刮净了河滩，像只贪玩小狗似的从肩膀掀翻正在努力重新站起来游泳的人，而这种水过去一直都在，对我来说时时刻刻都在，它散发着淤沙和根茎的泥土气息，软绵绵地睡着：慢慢地消化、浸泡着从秋天的树木上纷纷落下的枯叶。每次钻进这片水，我都感觉不好：它冷冷的、死气沉沉，没有泥浆溅出，也没有水花喷涌，像是穿过一层水制的透明薄膜后钻了进去。

一驶进埃夫尔河，就踏进了一个被陆地掩护的区域，只有船只可以出入此处。一条长着草的小径是河边的绿道，它从马里耶桥出发，沿着一侧河岸前行数百米，停在鼓包一样的草坪那里；远处，牧场上鲜艳的篱笆围墙一直延伸到河岸，没有一条小路通到那里。于是，每当看到岸边高高栖息在山丘上的拉罗莉维耶尔农场，我就总是不敢相信自己竟有两三次从陆路去了那里，得穿过一片错综复杂的林中便道网，每年春天，在耶稣升天节前三天，这条路上都会响起祈求丰收的铃铛声，后面跟着人们排成的长长队伍；这道高高山坡上的台阶分开了两个不同物种的惯有路线，它们永远都不会交叉：看到农场的牲口群在泥水里滚下，只是为了来到河边喝水，直叫人愤慨，好像它们闯入了一条神秘的界限。但是，整个行程中，只有在这个点上，我们才能瞥见耕地上破除幻想的见证者；小小的河流好像从头到尾都是弯弯曲曲的，它穿过一个变得荒芜的自然公园，那是一处不受娱乐和周日影响的隐秘之地，不见分毫工作上的伤痕。

埃夫尔河只有二十来米宽，有的地方更窄；河床不浅，腐烂的树根之间像筛子似的布满了窟窿和坑洼，藏着肥硕的白斑狗鱼。也许是因为污染，今天这条河里的生物减少了，跟其他所有河水一样，但是在我小时候，去埃夫尔河上捕鱼意味着可以冲向肥美的野味：这色如甘草的水域哺育着成百上千头野兽，像是枫丹白露的池塘（而且，至少在我的想象中，又深又黑的埃夫尔河的确有点像是《瓶中手稿》[①] 里那片中了魔法的大海，任何东西落进去都会膨胀得巨大无比，船只也不例外）。跨过马里耶的石桥后，河水随即铺展在潮湿的牧场之间，春天，牧场上满是金色的蓓蕾和雏菊；两侧的河岸上都竖着一丛丛长矛般的芦苇，船桨处处都会被睡莲和菱角淹在水里的根茎勾住，它们只是影响了一段水流畅通的狭窄河道。这里也是杨树的领地，它们的枯叶落在十月的牧场上，散发着又苦又涩的味道，有时候让人想起正在干燥的清漆，对于我来说，这正是山谷里秋天的味道。两岸几乎到处都是草坪和睡莲，还有宽敞公园里像羽毛一样的装饰性芦苇丛，但是日常生活的动静没有一下就止息：马儿疾走着踏上石桥，拱形桥洞里回声阵阵，依然在我的记忆深处回响，教堂排钟踩着马里耶钟楼（我们转过身时会看到它四边形的影子落在芦苇和一簇簇的苔草上）的时间点无精打采地敲响着，久久不散，穿过片片死水，一直飘到你那里。不过寂静已经被艰难地撕开；它不再欢迎任何东西，除了开始躲在杨树幕布背后的闲散生活里那些时不时传来的回声。沼泽只露出了一会儿，就在桥后面，黑水鸡咕咕地叫着，青蛙们急匆匆地跳进沉闷的水中，泛起了泡泡，

---

[①] 美国作家爱伦·坡（Allan Poe）的小说。

有那么一刻，沼泽不见了，却看见平原上一条条穿过柳树林的柔软河流，这些柳树林像松了线的围巾，阳光透进来，翠鸟和蜻蜓飞行而过。苔草丛里到处都有精心设置的豁口通向河岸，河岸上有两三层腐烂的木板台阶；永远有根鱼竿斜在那里，像一家小咖啡馆的招牌，示意此处藏着令人羡慕的垂钓地点，以前，这个位置是代代相传的。但这些引人注意的人类活动迹象是具有欺骗性的，像高山牧场上的窝棚远远地就让人觉得山上有人住：从豁口正上方跨过去时，会发现那里空空的，鱼竿插在黏土里；鱼竿的主人时不时悄无声息地从一根鱼竿溜到另一根旁边，有时候会同时看着四五根。这支沿岸炮兵部队精打细算地服着役，没有超过绿道的尽头，绿道在这一带立有芦苇屏障，像一条巡查道，沿着这条道，哨兵们大大方方地在垛口之间转移；在垛口上，在埋了雷的防区里巡逻的紧张感就消失了，也没有了让人保持安静的指令。很多次，河水已然弯折；马里耶钟楼消失在杨树林后面；低矮的山丘在远处围绕着湿润的牧场，它们已经挨在一起、靠在一起。过去，我总是步行前往绿道的尽头，在草地上野餐。远处，过了一座临河丘陵的山包，就是另一块区域了，走路是过不去的，开车也不行，只能在某些吉日前去：那是万里无云的炎热节日，太阳一早就前来祝圣，只有河水才能开辟去往那里的路。

无论举行入会仪式的原因有多不值一提，它们的步骤中几乎都包括穿过一条昏暗走廊，而在埃夫尔河的航行中有一个令人厌恶的时刻：注意力分散了，目光变得漫不经心。河水朝着一个焦点汇集而去；水中植物顿时消失，连岸上的芦苇也是如此。眼下快要塌陷的高高河岸上露出了柳树和光杆白蜡树的树根，固土情况不容乐观；水鼠到处挖地道，从根基破坏了这些摇摇欲坠的小陡坡。随着河岸抬升，我们在船上什么都瞅不见了，除了窄窄的水面、河水旁五颜六色的黏土、裸露的根部、一群群在烂泥坡道上乱窜的老鼠，有时候还会看到细微的双重波纹、游蛇横穿河水时留下的大拐弯航迹：有那么一刻，看着伤痕累累的河岸，心里不免发毛，烂泥里的啮齿小动物们有点欢快过头了。不过很快，景色又变了，视野开阔起来：看到有个东西在漂浮，轮廓模糊不清，既像圣体瞻礼的华盖，又像小人国里的宝塔，它久久地停泊在岸边；靠近后，看到它低低的底部贴着水面、透光的锌皮板遮蔽着四四方方的小船，肥皂水的条痕时而在埃夫尔河上延伸下去，让人预感到它的用途简单而实际，但是对真正的洗濯船做这种细致的描绘，有点像是把一艘小艇说成了有三层甲板的大船：船上有三个座,紧挨着一座城堡,只有这座城堡里的人才能在这条船上盥洗私人衣物,而城堡的风标已然进入视线,竖在一片英式草坪上。看到本应用于市政的物件被私人占领,小时候,再没有什么会让我陷入如此彻底而狂热的目眩里,所以,如果城堡主人拥有一间警察局或是一座消防队的营房,也没什么好惊讶的:在我看来,除了这面威风凛凛的封建旌旗,整条埃夫尔河的水道都沉浸在一种细腻而可贵的光线里。我最后一次看到拉盖里尼耶尔的洗濯船是许多年以前的事了,它已经下沉了,倒向一片淤泥滩,但只下沉到支撑船顶的小圆柱中间,有点像被凿沉的维希政府舰队搁浅在土伦的一小处海滩,颜面丧尽:我青春时代的所有幻想好像都和它一起把脸直愣愣地埋进了河底的泥沙。

  终于,随着埃夫尔河再度转弯,我们可以从侧面看到小城堡了,看到它侧后方的身影:记忆里,它总是固定在下午四点左右出现,现在依然如此,也会永远如此。

> 然后,一座石头边角的砖砌城堡,
> 玻璃窗上涂描着红艳艳的颜色
> 四周围绕着公园,还有一条小河

### 流淌在鲜花丛中,浸泡着它的墙脚①

我在读到《幻象集》前很久就读过了奈瓦尔的这些诗句,应该早了大概十二年,我是在高中图书馆发的《选集》里读到的,那时候,就总是有一个画面从这些诗句跳到我的眼前,而且只有这一个画面,这些诗句像漫画说明文似的围在它四周:正是拉盖里尼耶尔小城堡的画面,这些诗句跟它契合得很。公园高低不平,隐居在山丘与河流之间,不是很大,那座建筑也似乎有点古老了:能追溯到十九世纪以前的莫日城堡已不见踪影,都在旺代战争中烧毁了。不过河流依旧,还有城堡前长长的草坪,比城堡更古老的寂静使它更显高贵;有一段山丘离开了河流,给小城堡留出位置,把它嵌在铺有落叶的浅浅凹地里,这块凹地像个布满绿植的栖息地,周边围着山脊,朝向它的一面是耕地,小城堡在河流前支着臂肘,像在观看唯一的一场演出,这场演出奢华而宁静,吸引着它,诱惑着它。

此刻,我低声念着奈瓦尔的这几句诗。它们的旨

---

① 出自法国作家奈瓦尔(Nerval)的诗歌《幻想》。译文出自《幻象集》,奈瓦尔著,余中先译,北京:人民文学出版社,2016年,第53页。

趣略低一级,是他《小颂歌集》的趣味,是结尾也没有让人感到一点惊艳绝伦的十四行诗,可在我看来却魅力无限;它们尖细又高冷的声音像历史悠久的键盘乐器:像斯频耐琴,更像伊丽莎白时期的威金琴,为维米尔最神秘的一幅画作增添了魔法,这琴似乎依然在震颤,流动的音响从琴键上传出,悬空的手指刚刚抬起。在这些诗句的召唤下,一种单薄、清透却带着夜色的雾气从河面上升起,飘荡在草地上,像《茜尔薇》①里的阿德里安娜唱着歌,而此刻,在我的记忆里,一首兰波的诗自然而然地顺接了这种洁白、乡野、又淳朴的魔力:"……琴师的手指激活了牧场上的大键琴;人们在池塘深处打牌,那是映出皇后与宫妃们的魔镜;落日之下,人们拥有了圣女、轻纱、和谐的波纹与传说中的光华。"② 我的精神就这样被塑造了,无法抗拒这些密集的相遇,心爱的画面带来冲击感,在它周围胡乱地聚起黏黏的*沉淀物*;有些奇怪的诗歌俗套在我们的想象中一成不变,它们围着一种童年幻象,混杂着诗歌、绘画和音乐的碎片。这些恒定的璀璨之物(古老家族的姓氏、军队、颜色和纹章

---

① 奈瓦尔的小说。
② 出自法国诗人兰波的诗歌《历史性的黄昏》。译文出自《兰波作品全集》,王以培译,北京:东方出版社,2000 年,第 280 页。略有改动。

等方面一开始就相互结有象征性的姻亲，这些姻亲总有一天会回到源头）独断专横、率先出现，在想象中充当诗歌活力的奇特变换器：正是有了这些璀璨之物相互联结的关系，诞生于自然场景的感情才能自由地栖息在造型之网、诗歌之网或音乐之网上，它能游历到最远的地方，而活力几无耗损。在这些凝结物中，更确切地说，在这些充满拼织画面的**交换器**中，有一个是为了我而形成的，它在我记忆的最深处，围绕着那座城堡和城堡的草坪：今天，这个交换器包着的果核并不比矿化的泉水中那朵原来就在那里的花更好接触。

　　看到城堡之前，要沿着左侧河岸的山坡走上一段，这座山丘最终伸进河里，它的倒影像是在河水里倾倒了墨汁，河水的寂静浓稠起来。昏暗却有间隙的乔木林里没有矮树丛；凸起的裸露岩石像护胸甲，在树干之间层层迭起，让人想起孚日山谷里凹凸起伏的砂岩。干枯的针叶和小树枝把土地铺成了褐色，这里寸草不生：半个世纪以前，人们在这里的树枝下看到两三张用斧头粗粗加工的土桌子，而现在，在怡人的树林里，我们会在设了箭头标志的野餐地布置桌子。这个地方没怎么沾染这种毫无诗意的人工制品，依然阴沉、绿意盎然。林下灌木丛昏昏暗暗的，简化为只会让人恐惧的含义：这是个条件艰苦的歇脚地，让我想起在别处福斯勒伯兹树林的恶名,那是背信弃义之人的接头地点,白昼落下,黄昏的暴风雨来袭,哈根①吹响了号角。1938 年,在坎佩尔,我打开房间的窗户,看到了福路吉山,我喜欢它直入大地的斜坡,山毛榉又高又黑的树梢立在静静的奥代河上(不过战争的阴影已经和树梢的影子一道投进了河里),后来,山毛榉的树梢从这个阴沉的山谷里借走了回想独有的魅力:一年又一年,片片风景在时光的流淌中挽留我、感动着我,它们一次又一次地在相认的迹象中汲取提示的力量,是童年特定水路上的停泊点把这些迹象告诉给了它们,但它们也同时一次又一次地旋转在昏暗的光线下。过了城堡,埃夫尔河突然转向,湖面打开窄窄的视野,每处新的景色都有了自己的特征,它们看起来不再是在缓慢变换,却更像是在跳动,似一张张幻灯片在投影仪中前后交接、互相代替。那里的每幅画面都印压在完整无缺的童年之蜡里,既像一种纯粹的合金成分,又像是一个意味深长的模型。那些密码弄不懂、解不开,依然无法使用,圆桌骑士的小说里就满是这样的密码,在整个散步途中以画面的形式被记取,这形式总是无声的,可那些画面却想要

---

① 德国作曲家瓦格纳(Wagner)之作《尼伯龙根的指环》中的人物。

说话；从头至尾都觉得像是**缩影**，这印象挥之不去、扣人心弦。

几乎河水每拐一次弯，都会带来变化，耳朵也能捕捉到这些，不比眼睛逊色。河流夹在丘陵之间，船只摇晃着水面，轻触着树林，发出微微声响，激起阵阵回声，听起来像是在洞窟里。种种声响飘荡在水面上，河水又带它们去往遥远的地方，我对此早就习以为常了；我一直记得父亲的船，那是一条又长又重的淡绿色平底小船，船首圆钝，船尾的**摇动板**被当作养鱼池，中间那道横杆上钻了一个洞，用来插上挂着方形船帆的桅杆，这条船在我的生命里曾几乎日日可见：它停泊在卢瓦尔河的码头，距离我家三十米远；以前，我总是会扛着船桨、提着桨架、跳上这艘船，就像我后来骑自行车那样平常。待在河两岸的渔民们滔滔不绝地交谈着一成不变的话，这些对话像时光一样缓慢而慵懒地流淌着，随着水流一路跟着你，柳树的叶子在风中沙沙作响，听起来像波浪退去时泡沫在相互摩擦，人们把船篙放在船板上时撞击有声，波纹在凹陷船首上突起的地方卡住了、碎裂了，发出生硬的啪啪声，这些声音在开阔的卢瓦尔河面上相互交织、唤醒着我，更何况埃夫尔河上的声音常听常新，它们非比寻常，回响洪亮，在静水环绕的河谷里空荡荡地回响着。这条穿过阿尔戈地区去往远处的河流也许记得这里青灰色的水，两岸的影子和暴风雨中的乌云让它突然阴沉下去。独自穿过这些狭窄河段的时候，我会提起船桨，竖起耳朵，让船靠着余速前行一会儿；四周静得令人喘不过气，隐隐约约有些不祥，好像我驾着船突然穿过了重重阴影，绿色的朦胧光线坠落下来，遮住了水面。

每一个风景如画的峡谷都有峭壁或是悬崖，悬崖上钩着一则平淡的传奇：虽然没有魔鬼之桥或者少女瀑布，但是埃夫尔河上也有够得上格的景点，那是沿河步行途中*最吸引人的地方*；这个地方叫作喝水岩，也许比起景色来说，我更喜欢它的名字：这个名字里有种浓烈的天真无邪，让我想起山谷对河水的迷恋，想起那个倾斜着一动不动的峡谷像纳西索斯一样临着邪恶的平坦水面，这个名字还让人感到这面深色的镜子是有魔法的，它的简单反射已然像是吮吸，而在想象中，它的反射能力向来都有吞噬的倾向。喝水岩是一片鱼鳞状的陡峭板岩，突在枝繁叶茂的悬崖外侧；它直挺挺地悬在埃夫尔河上方约有十几米的地方，人们说它以前是拉盖里尼耶尔一位城堡夫人的跳台。如果偏离航线横着朝向岩石，哪怕是在一个炎热的午后，阴冷的寒气也会落在肩膀上；在高高山毛榉的荫蔽下,小小的梭子形褐色树叶漂在水面上,叫人宁愿下地狱也不想跳进这水里。

"……在圣絮尔皮斯险峻的山崖上……"① 突然,刚刚环绕着埃夫尔河的神秘风景把注有这些文字的小图片带到我的面前,那是一本便宜的小册子,印着巴尔扎克的《舒昂党人》,我以前觉得这本书异常紧张,令人惶恐,贯穿首尾的高压情绪不可匹敌。暮色降临时,韦纳伊小姐独自一人面对着富热尔山丘,腰带里别着一把阿富汗匕首,登上南松岩崖,岩石堆得比圣絮尔皮斯钟楼的尖顶还要高;她的长裙拖在荆豆上,一条平纹纱系在草帽边沿,随风飘荡,像是维多利亚时代夫人们的战旗,她们出征了,英勇不屈,面不改色地翻越少女峰或去捕猎老虎。她带着这稀奇古怪的装备穿进危险重重的夜晚,在小路上扭到了脚,隐约听到猫头鹰的叫声,她如此这般,为的是追捕自己的情人蒙多朗侯爵,他是王室派来的,可她根本不清楚此行是为了把他交出去还是把自己托付给他:每次重新打开这本书时,我都觉得这个热恋中的身影似乎在

---

① 出自法国作家巴尔扎克(Balzac)的小说《舒昂党人》。译文出自《人间喜剧·第十七卷》,罗芃译,北京:人民文学出版社,1994年,第210页。后文中与玛丽·德·韦纳伊有关的情节均出自该小说。

享受，沉浸其中，根本不在乎任何具体的目的，只在乎把自己往前推的暴风雨有多冷，还有什么比这更狂热的呢？

我每次都得先爬上城里的中心山丘才能到达富热尔城堡，因为要把汽车停在山丘上的圣莱奥纳尔教堂脚下，教堂的钟楼一直保持着圆锥状，那是巴尔扎克指定给它的。这些几乎无人来往的肃穆小路供神父们行走，这里在仲夏也会刮起山岗上的风。有一扇生了锈的小门通往砂砾地面和漂亮公园的舒适露台，在这熟悉的咔嗒声中穿过去，便突然进了一本书的内部，像是借助魔法进入了一枚宝石：所有切面在这里聚起一束唯一的光亮，闪耀着不可比拟的水色。在右边，这就是从被削平的帕普戈塔上拆下来的石头，塔上建有被科朗坦和玛丽·德·韦纳伊租下的房子。在最后一夜的宏伟终章里，舒昂党的士兵们攀上悬崖，整个城市和乡村都全副武装、严阵以待，像一根疯狂的针要在黑暗中活跃起来，摇摆起来，围着楼上那对恋人的房间里不灭的星火。这里就是寻找勒·加尔①的玛丽拖着裙子迅疾冲下的王后阶梯，庞大的城堡跨在凝结的板岩浪潮上，圣絮尔皮斯岩崖上升起了命运之

---

① 即蒙多朗侯爵。

烟，那里依然高耸着钟楼的尖顶，这位冒险的女子踏上老桥，横穿了南松的绿色牧场。在左后方，丘陵的山肩遮住了一部分吉巴里山谷、钩齿巢和快腿酒鬼那血淋淋的茅屋；在右后方，几步远的地方是于洛设立的关卡，就挨着圣莱奥纳尔教堂。南松另一侧的陡坡边缘几乎就在前方，注意力变得敏锐，眼睛使劲儿仔仔细细地确认距离：千真万确，就在那边，徒步的玛丽突然看到勒·加尔和皇家骑士团的将军就在河对岸；也是在这处岩崖上，迪·加夫人隔着山谷仔细瞄准了徒步前来的人，而她的对手就站在我此刻所在的位置；两个世纪以前的那一枪即将重新射出；在神奇的文字召唤之下，倒下的魂灵们重新站起身来：一切重新开始，*一切都是真的*；都在步枪的射程之内。而现在，我的眼睛又盯着"圣絮尔皮斯险峻的山崖"，在那里，一个纤弱而高挑的身影依然在黄昏中闪耀，一会儿不见了，一会儿又现出身来，像一把燃烧的火炬高高竖起：遍布书中的荒野之火都在她身上耗竭，和她一道飞扬。燃烧的魂灵似柔柔的飓风，小树林里奇异歌剧的化装王后啊，夜晚对你来说何其漫长！疯狂的夜里，你在篱笆迷宫中寻找自己的情人，你的面纱随风飘动，你的印度短剑雕刻精美，你拖着*优雅脱俗*的长裙跳过篱笆。而你不可思议的荒谬举动——长久而始终地！——一张又一张、一张接一张地点燃了这本迷幻之书的每一页。

我没有离开埃夫尔河。但是依然有那么一会儿,有一幅画面出现在堆着岩石的河道拐弯处,画面里,一个人形鬼火在夜间的大地上飞来飞去,我瞬间入了迷,甚至好像听到有惊恐和玄幻的沉寂一路嵌在这飞来扑去的行迹背后,我成了这画面的囚徒,它引来了一幅更混乱、更模糊的画面:究竟是在怎样的遥远之夜里,一个披头散发、半疯半癫的女人在我的回忆里还在真真切切地挥动着火把,将这个漂浮的画面牢牢拴在时间无法彻底抹去的一个地方、一个名字上?夜晚撕裂开来,象征性的名字复活了,有一个未知的迷人魂灵正要永远消散,对玛丽·德·韦纳伊的回忆在一点一点地把它从井底拉上地面:那是《漂泊的火焰》,这个女人夜里游荡在印度的里波尔高台上,绕着一个被捆在炮口的男人转圈,这个场景出现在儒勒·凡尔纳的一部光怪陆离之作的结尾:《蒸汽屋》。

奇怪的是,虽然这一连串的遐思来自倒映着喝水岩峭壁的那汪死水,可其中水的元素慢慢让位给了火。不是说这流淌的遐思背叛了最初的元素。而是因为这个遐思并非自始至终都是物质性的,它并非像加斯东·巴什拉所认为的那样(或许也经常如此)受制于某种基础的精神，这种精神在一种物质里苏醒，作为它的黑色心脏。最排外、最纠缠的迷人遐思像是有一种特殊的引力，令人沿着一条下行的道路去往边境地带，在那里，精神对世界束手就擒，几近融入世界的某个部分。不过还有另一种遐思，它更罕见、另有天性，我们注意到它往往是因为感到自由、感到常常伴随着最美的飞翔之梦的一种不可思议的无所不在：这飞升遐思的发展方向不是让组成元素最终模糊不清又令人安心，却朝着彻底的联想自由而去，不断地在这场游戏中添加意义和画面：迅速是它独有的基调，而捷径是它选定的路线。有一种不真实的轻盈，却带来独一无二、切切实实的幸福感，一旦进入这种轻盈，它就会占领我们的精神：好像在它面前，各个角度的漂浮画面摇摇摆摆地连在一起，堪称奇妙，构成没有尽头的景象，让所有气流都跳起了舞。这样的遐思尤其会苏醒在某些特殊时刻：记忆里曾经带着强烈感情色彩的物品和风景复活了，释放出力量之流，裹挟着遐思、推动着遐思，好像这种记忆在复活风物的时候突然赋予了它们裂变的魔力。普鲁斯特的名字会让人想到，寻回一件物品就能复活一片废弃的过往碎片。天性被困在物质里，像灵魂被邪恶的仙女装进瓶子，想起它，锁链就会顿时解除，可普鲁斯特那类灵启式的寂静主义却远远做不到这一点，这种解除是出于愉快而狂热的**出逃**,在我看来,这才是动力和原则:天性的星火复燃,珍贵却久久模糊的画面——也就是所有画面——着了起来,动了起来,一个接一个地又燃烧起来;之字形的烟火飘进昏睡的世界,沿着隐秘的纹路一闪而过,这些纹路是经验、阅读和重要的相遇所留下的,它们年复一年地永远用我的私人密码在这个世界上标下记号。曾以某种方式迷住我的东西,只要我真正寻回与它的一个联系,它就具备了闪电般地复活、唤醒又联结起一切我一直以来所爱事物的能力。

埃夫尔河所激活的一幕幕印象开始在内心播放电影,当我思考着它的意义、它随意的蒙太奇时,奇怪的是,我再次想起了坡,我想到的不是写下《仙女岛》和《阿恩海姆乐园》的那位诗人,而是写下《莫格街凶杀案》的那位分析家。坡在这篇小说里对象棋的谈论无关紧要,他明显没有这个水准,叫人恼火,侦探小说的典范便始于这个冗长的开篇(他一贯如此),自从翻开收有这篇小说的集子,我就总是觉得这个开篇闹哄哄的:杜宾先生[①]开始照亮夜晚的时

---

[①] 美国作家爱伦·坡(Allan Poe)的小说《莫格街凶杀案》和《失窃之信》里的侦探。

候,我还太小,应该是十二三岁,他家的夜聊从来没有受到与泰斯特先生夜叙①的影响;可骑士奥古斯特·杜宾其实已经就是泰斯特先生了,隔三岔五地干起警察的活,不过这位泰斯特先生能提供自己的证据,还会通过实操来证明自己的心理分析能力,瓦雷里笔下的泰斯特先生却没有这种能力。这迷人又令人不安的画面,自从我遇见它,就一直对我纠缠不休。我想象不出另一个杜宾的样子,觉得他就穿着寻找失窃之信时的衣服:在我心里,这个男人戴着墨镜、一张国字脸、漫不经心、紧跟时尚,他的墨镜颠倒了瞄准的对象,而"目光"只保留了建构上的意义,仅仅是一扇半掩的舷窗,开向比电脑连接更奇妙的联通网。

记得叙述者和杜宾晚上肩并肩在巴黎的街道上闲逛时,两人沉默许久之后,杜宾做了一段分析,正好与伙伴的内心活动吻合,于是伙伴明白了杜宾能够准确解读一连串的心理画面,几分钟之前就从头到尾地观看了自己的内心电影。发现这一点后,叙述者心里开始恐慌,像是在反抗撬锁入屋的人,觉得这几乎就是亵渎(现在是 1975 年,我们对此了解得更多)。而

---

① 指法国作家瓦雷里(Valéry)的哲学散文《与泰斯特先生夜叙》。

我，我的反应没有那么简单直接。这种解读有着微妙到会出现在诗歌里的想象力（突然想到，被当代批评调整过的所有技巧都趋向于这种解读），有时会让我感到不安，好像它近乎属于宗教禁地。但是这种敌意并非不可化解。除了其他方面，象棋之所以吸引我，是因为在它的历史发展中，过一段时间就会出现像施泰尼茨和鲁宾斯坦一样的棋手兼理论家，他们觉得"获胜"一开始就必然被对手的失误所玷污，从来不值一提，那只是一枚小小的绝对货币，只是在这个封闭而有限的精神活动范围里扯下最后的面纱，抢夺最终的秘密。这些抽象的古怪英雄，任何人都不懂他们为何狂热，他们注定要忍受最糟糕的孤独，他们身上早早就展开了一场无情的速度较量，一方是饥馑，另一方是对将利益边缘化的绝对后果的寻求。想到在这个领域里远航的冒险家，我感到我有所偏心，对他们而言，一开始就透明可见的东西不是他们要特别寻找的（于是《瓶中手稿》的作者暗示我们，意外来到的乘客在登上幽灵船的发现者们眼中是透明的），我一面本能地感到这种偏袒，一面又感到不舒服，因为看到今天有太多的双手不再伸向诗歌（它们并不在意诗歌），而只是伸向谜一般的**诗歌钥匙**，在这两种感觉之间，我承受着一种矛盾，可我处理不好。其实我觉得，语言的秘密已经被穿凿有孔，它无论如何都不会交出诗歌的秘密。既然半个世纪以前我们就已经觉察到诗歌不依赖任何一种选定的介质，那么它在自己的机制里是自成一体的。这不是出于透彻阐释的愿望，虽然我今天持有的批评态度诞生于此，却是出于视野的缩减，简而言之是退化，影响了通过不可替代的唯一中介去寻找语言：无论是谁希望厘清诗歌现象，只要孕育了我们的世界还被视为观察对象，那么诗歌扎根于其中的人类与世界之争在任何时刻都不会是遭到排除的第三方。还有一点值得注意：有一种似乎是自发建立的平衡关系延续至今，一方面，分析方法在发展，另一方面，诗歌阵地在十九世纪不断地扩张，二十世纪亦然。因而，在我们这个时代里，虽然面对文学创造时有评论家会因自己的探索方法而洋洋得意，可这些方法并没有随着时代的发展而超越像三个世纪之前一样尚且残缺的评论所采用的探索方法，至多与之打个平手，那时候，评论家们面对的是在高度监视下构思出来的作品，而且当时通行的"诗学"在各个方面都维持着这些作品对它的依赖性。

没有任何一种绘画像中国画，尤其是宋朝时期的风景画那样痴迷孤舟逆流绿谷的单一主题。这样的画面总是魅力四射，或许是因为山与水有所反差，陡峭的山坡让人想去攀登，让人想到要手脚并用地艰难行走,而在陡坡间自由穿梭的水路却显得平坦、便利得不真实:漫想者的心里兴高采烈,因为梦境解决矛盾的独特方法简单到不可思议,这感觉其实真真切切地扎根在现实中。在中国水墨画里,松树与临水的怪石为伴,树枝在高处伸展,小船在下面滑行,这些树枝让人备感宁静、沉醉其中,它们跟着水流在悬崖间蜿蜒曲折,峭壁保护了这里的隐秘,吸引人的逃逸之途穿过树荫构成的穹顶,而下面是一条径直流向天际的河。我们闭着眼睛随波逐流,河水无穷无尽地开辟着道路;这是最迷人的远行,因为阿里阿德涅之线带来神奇的安全感,让人在水路之旅中更觉惬意。船只长久地行驶在青绿色的寂静里;阳光和悬崖一动不动,连一丝气流都没有。记忆里,在埃夫尔河上远游时,那些寂静的时刻像一个长长的延长号;在那些充满世俗色彩的狭窄之地里,寂静有了一些形象,它一根手指贴在嘴唇上,站立着,纹丝不动,的确是因为**地方特性**它才如此这般。

日昼流逝,光影变幻,如果说在我对这些无常的反应里有一个恒常,那就是感到愉悦和热烈,或许更感到朦朦胧胧地期待着一种尚未到来的愉悦,它对我来说从未脱离一种现象,我绞尽脑汁只能称之为**迟来的间隙晴朗**,就像是下了连日的雨水,云层终于被揭走，清晨一道黄色的阳光渗进来，透亮得有如圣迹；就像雷斯达尔一些画作中的湿润北欧天空；就像地平线的黄昏，明亮而温暖，可以在卢浮宫里的一幅提香小画中看到，那是令我入迷的《圣母与小兔》。这种场景给我的印象全然不是鼓舞和安慰，也许只有我觉得这印象强烈非凡，它关乎对一种古老动作的想象，印刻在我们身上，而且或许具有宗教本性：这画面里是对另一种生命的感知，只有在穿过像流放之地或黑暗山谷一般的"昏暗之道"时，它才能光芒四射地示人。西斜的落日常常象征着生命的流逝，如果乐观一些，这画面便暗示着衰落也可有个歇脚处，时间的进程甚至会倒转，我们之所以感到这种启发，也许是因为午后阳光在返本归源、返老还童。无论怎样，我都坚信在我们身上有种高尚的记忆，它生性钝于交通规则信号，却敏于其他信号，让我们相信一些模糊却也振奋人心的希望，而每分每秒带来这些希望的是时刻、时间和季节。被狭水遮掩的西沉太阳现在以十足的活力重新出现；太阳触碰着水面，这水刚才还让人担心太深，光线几乎透不进去，好像盖了一层灰尘薄膜。阳光透过白蜡树和柳树的树枝一束一束地进射出来；我们又穿梭在一个温柔而凉爽的夏日风景里，满眼都是**连连晴天**的色彩，似是绽放出了一顶一顶的小阳伞。

河水两岸逐渐呈现出一种在西部越来越常见的景色，这景色遍布在下迈讷和菲尼斯泰尔之间。不再有峡谷，只有个窄窄的山谷夹在陡坡之间，岩石钻破毫无生气的腐殖土露出来，满目疮痍，森林再也找不到扎根之处。只见干枯的欧石南毡子、矮矮的栗树林、绿绿斜坡上的蕨草，而在花开时节里，只能看得见两种深浅不一的黄色，一个来自橘色的藏红花，另一个来自颜色像胡蜂的荆豆，它们差别细微，却都无可救药地令人伤感：一个像是沾了硫黄，更鲜嫩，和春天的青涩更搭配；另一个更成熟，似一瓶陈年葡萄酒又浓又柔，闪烁在深绿色的灌木丛上，像荆棘之火燃烧在干枯的刺上。从过去到现在，我一直都打心眼里偏爱（可并不快乐）这些被土黄色玷污的山坡，上面冒出一个又一个被地衣吞噬的花岗岩小丘：孤寡的春天散发着晚秋的味道，已然有了秋日浆果的颜色，那是忧伤而凋零的黄色，不仅与欧石南的色彩协调，更是让我想起《特里斯坦与伊索尔德》①里那位牧人的笛声，听起来期期艾艾、谨小慎微。一天下午，我从特雷奥朗特克肮脏不堪的小村庄出发，穿过满地牛粪的小巷：布列塔尼的内陆地带有着陷进泥潭的死胡同，

---

① 瓦格纳的歌剧。

出了这些死胡同,似乎就只有金雀花中的沼泽、孤独、寂静和雨水。刚踏上泥泞的小路,就有了短暂的晴朗,常常在布列塔尼理出一角清新柔嫩的天空;小路在岩石和一丛丛黄杨树之间向上攀升,越来越干,走起来也越发舒适;它穿过矮矮的橡树林,长有蕨草的斜坡,还有铺着鼓鼓岩石的林中空地,像是要准备造个巨石建筑。小路转向右侧,在一片片冬青栎和小松树的另一边,视野不再局促:阳光坠落,云朵投下影子,视野灵动起来,穿过这光影,我一眼就一览无余地看到了前来寻找的景色,它在那些偏僻小路的尽头,我只相信它的奇幻之名。

有去无回谷超出了一切想象:它不是声名狼藉的峡谷,没有刀劈一般的裂口,也不是被树木闷得透不过气的深绿色低地,那里的树枝没有像芒齐涅拉树的树枝一样让睡意纷纷落下。这只是个深一些的沟壑,但是口子开得大,弯弯曲曲地夹在布满荒地和旷野的高原里;它伸向西边的潘蓬森林,在视野的尽头能看到最远处的树冠,那些树像是深入地平线后的后卫部队稀稀拉拉举起的军旗。在山顶上俯视整个山谷时,抓住眼球的是平平整整的地平线:像被抛了光的岩块或被磨损的底座,里面塌陷着封闭的手状谷地,短短的小河沟排布得像叶子的脉络。岩石骨架漫山遍野地露出来,坡上的山包长了地衣,风蚀雨削,硬邦邦的,这暗淡无光的白色是一种令人难忘的布列塔尼之色。这层糙糙的、薄薄的植物占据了每一处缝隙:占了干枯灯芯草的条痕;占了暗绿色的矮灌木丛,里面的金雀花和荆豆铺得像剥落的皮肤;还占了长势堪忧的橡树林和低矮的冷杉林,它们像一股股黑色水流奔向沟壑之底。在山顶连着高地之处,只要坡度放缓,伐期龄偏短的栗树矮林就会立刻攥住每个地方,稳稳扎根,挺得笔直,像后颈上剃得平平的短发;冬日里,沟壑底部满是乱糟糟的桦树,掉了细小的树枝,像是铺了一层银灰色的绒毛,纤细得让人以为是升起的薄雾。

如果不是虎皮似的斑纹几乎每个季节里都会恣意溅洒在深深浅浅的绿色上,那这片枯燥到令人生厌的西边旷野也就毫无景致可看了。可为什么双眼却盯着凹陷的沟壑久久不愿离去,都快挪不开了?这条沟从来都是既不喜也不悲,四季流转也改变不了它的模样,印象中,那里总是有个云朵满天的下午,云朵的影子无穷无尽地飘来荡去,爬上山坡,忽地一下被重重的地平线吞了进去。想起诺埃尔·德沃勒克斯的一部短篇小说的标题:《在土地册的空白处》,我喜欢这标题提示出的自由,跨越了地球上某些沉睡的边界。

在这个星球上，纵使一个地区再小，"地区"这个概念也能有力地影响想象，远非童话所能企及，像是魔杖一挥就暂停了时间的流逝、凝固了生命、使植物枯萎、让动作悬在半空；这种威力其实来自书中虚构对体验的完美复刻，而如果我们审视自己的记忆深处，就会发现，沉睡树林中的城堡和腐烂的土地，我们在自己生命的某个拐角处至少遇见过它们一次。目光再次回到闭塞的山谷底部，沿着荒芜的山坡游走：这里不见分毫人迹：没有屋舍，没有田地，没有小路，连一缕烟都没有。阴阴的天空低压着，令人昏昏沉沉；听不到一点泉水的动静，也听不到一首鸟儿的歌。这个死寂一般的小山谷遭受着不明确的威胁，不是因为传奇的过去给它打下了烙印，而是因为它让人感到彻底放松，这在日常生活中是体验不到的。这里万物静止；岁月像云影一般滑过，不留痕迹，也毫无意义：虽然这里有远古时期的传奇，但真正征服这个废弃山谷、这片朦胧到永远的荒地的不是它，而是踏入此地便顿生的感觉，感觉有种根基性的魔法在这里始终威力四射，可以将时间逆转。西面荒野的沟壑里种不出东西，土黄的荆豆散落其间，毫无观赏性可言，无论在哪里，只要遇到这种沟壑，我都难以挣脱它们，好像整日都走不出去：拉阿格的道道沟壑地处又鼓又圆的山坡脚下的潮湿凹地里，向淡紫色大海奔涌；利摩日拉蒙塔纳的沟壑里长着欧石南,处处都有水流的叮当声和奶牛脖子上的铃铛声,点缀着粉色和明艳的黄色,像东方在无尽的孤寂中把地毯铺在浅滩的岩石上晾晒。荒野是没有记忆的,我来找的也不是传奇的踪迹;而是在这些没有年岁也没有小路的荒地上松开了方向标和锚地的生命,它自己成了一个不知其名、迷雾重重的传奇,模仿莪相的人①不知不觉中在这里也成了诗人。小路、水坝和栅栏止步于那里,永远无法腐蚀野兽的皮毛,马衔和马笼头也被剥夺了灵魂;在我心里,真正的自由从来不可与**空地**彻底分开。

山丘的斜坡缓和起来,西斜的太阳洒出黄黄的、似是带着果香的光线,再次填满了整个山谷,在此刻平坦的散步途中添进了纯戏剧的生动情节,像戏剧性场面达到高潮之后复归于平静。河流又拐了一个弯,已然看见河段的终点,最宜人、最如画的**水磨坊**之景也不过如此:静静的狭水边长着栅栏似的芦苇,这里长的是装饰性香蒲,高高的花穗像灌了铅似的;睡莲在河岸的阴暗处刚刚绽放;水边的建筑里爬满了常青藤,藏在树木的影子里;水流跳过被淹没的水坝,热

---

① 指苏格兰诗人詹姆斯·麦克弗森(James Macpherson),以收集、翻译莪相的诗作而广为人知。

闹而清凉,像鳟鱼使劲儿一跃,留下银色的弯弓。下游水坝在一道道黑色的杂草里寂静无声,被吞噬在高高陡坡的恶毒黑影里,上游水坝却喜笑颜开、阳光普照;眼睛依然在快乐而无悔地追到堤坝的另一侧去看山谷的迷人弧线,又满足地盯着这处鱼儿能跃过的象征性屏障。

折返前,我把船停在了芦苇丛的一个豁口处,在河岸的草丛里躺了一会儿。太阳依然活力四射地温暖着小山谷;没有一丝风,但是每棵树的脚下已经伸展出了条条凉意,横在河流上,清晰得像投下的影子。此时,我往往听到有人在从库莱纳回来的船上唱歌;平滑的河水流过水坝顶部,从歌声中漫溢出似是过了头的安宁;只是最终无云的白天再也装不下了,慢慢地漏了些东西。声音在夜里更孤寂、更柔和了,碰到喝水岩折返时响起了回声;终于能越过芦苇丛看到礼拜堂四四方方的塔楼了:礼拜堂的铜钟无精打采地敲着时间,这回响总是比预想中的离我们更近,好像在水面上铺展开去,不急不躁地减弱它的振动,像是一块石子落在了水塘里。这座丑陋的朝圣建筑周围环绕着羽毛状的芦苇丛,映在微波阵阵的水面上,倒影被菱角和睡莲的叶子打碎成了镶嵌画,只有从这里看去时,它才并非全然不值一看,配得上我在回忆里为它保留的秘密名字,那是我从拉布里耶尔的一个贫穷小镇子偷来的:沼泽地里的礼拜堂。这个名字和这幅画面总是让我感到安全,可原因却难以破解:比起土地或是大海,沼泽的形象在我看来更具母性,更能无穷无尽地生发;塔楼俯视着沼泽,更具男子气概,守护着一方,抵消了沼泽的柔软,这幅画面彻夜值守,走上前去消除了一直以来生活刺痛给我造成的苦恼,难道不是这样吗?

船只又停泊在了岸边;习惯性地扣上挂锁,像是给结束的白昼搭上扣子,那是一个在所有光阴之外的白昼。现在与过去错综复杂地交织在络绎不绝的画面里,画面中是我已经走了许多次的路,而今天,依然是什么都阻止不了我再去走一走。在埃夫尔河沿岸,也许除了今天被割下的几堆芦苇,什么都没有真正改变绿色菱角集团已经完成的入侵,我预感也不会改变谜团一般的洗濯船终将沉没的结局。在我几乎每个夏日周末都会横穿过去的马里耶小村庄里,没有任何变化,或者说是几乎没有变化;只有新的停车点沿着道路冒了出来;近半个世纪以来,那家由地窖改造的阴暗店铺里,一位戴着管状褶裥头巾的老妇人总是卖烤饼给朝圣的人,如今,这家店合上了镂空百叶窗。再次登船准备游览这条平静狭水的时候,有个念头阻止了我,不是因为害怕回忆幻灭,却是因为备感无力,即便不是无力复苏一个梦,也至少是无力清醒着找回这个梦的四散光线和节奏,它的节奏在不断变化,与快慢毫无关系。阿恩海姆的乐园是有的,每个人在自己的生命中都至少遇见过它一次——但是,在水面上攥住又带走新月般扁舟的奇怪之流是年轻血液的搏动,像是未来在跳动不歇。整个启蒙之旅所展现的每一幅画面都谜一般地指向一种已被预示的相遇,这些画面不但对此有所预感,它们自己也会去完成这场相遇;奇妙的远行有种魅惑的能力,就像曾经的埃夫尔河那样,因为这些远行都自成一种"人生道路",隐约地提前勾出了这些道路的各种氛围和各个阶段。埃夫尔河的切实魅惑并不完全是我想象出来的,我有时会打算再到那里走一走,重温过往,也许还能发现沿途的魅惑不减当年。但是一切具有梦境色彩的东西在本质上都是有预言性的,都朝向未来,而那些曾为我开路的魅力不再有效,不再有活力:这些画面中的任何一幅今天都不再带我去向任何一个地方,至于埃夫尔河,它依然会约我相见,而我再也无暇前去赴约了。

Autour des sept collines, Les Eaux étroites
by Julien Gracq

© Editions Corti 1976, 2015
Current Chinese translation rights arranged through Divas International, Paris
巴黎迪法国际版权代理（www.divas-book.com）

Simplified Chinese translation copyright © 2024 Neo-Cogito Culture Exchange Beijing Ltd.
All rights reserved.

著作权合同登记号：图字 17-2023-171

Cet ouvrage a bénéficié du soutien du Programme d'aide à la publication de l'Institut français.